Brenda Heijnis

Skaterherz

Brenda Heijnis

Skater herz

Aus dem Niederländischen
von Birgit Erdmann

MIXTVISION
Weiter. Erzählen.

Für Julia, die aus meinem Herzen
das einer Mutter machte.

Elias

Der älteste Mensch der Welt wurde 117 Jahre alt. Violet Mosse-Brown wurde am 10. März 1900 auf Jamaika geboren. Sie aß ihr Leben lang weder Hühner- noch Schweinefleisch, dafür liebte sie Mangos und Kalbsfüße. Kaum zu glauben, dass man mit so einer Ernährung uralt werden kann. Kalbsfüße, brr. Doch bei Violet war das wohl der Fall. Und was für eine Vorstellung, 117 Jahre zu leben! Wie viele Schritte geht man in 117 Jahren? Wie viele Stunden schläft man oder zockt Games? Wie oft sitzt man wohl auf dem Klo? Wie oft wird man morgens wach (über 42 000 Mal) oder putzt sich die Zähne (aber am Ende hatte Violet vielleicht gar keine Zähne mehr, denn alles an ihr muss alt gewesen sein, die Nägel, die Hände, die Haare)? Und als ältester Mensch der Welt hatte sie natürlich auch das älteste Herz. Dieses Herz muss ungefähr 4 919 616 000 000 000 Mal geschlagen haben. Vier Billiarden neunhundertneunzehn Billionen sechshundertsechzehn Milliarden Mal. Da wird mir echt schwindelig. Und während ihr Herz schlug, lachte oder weinte sie, sie rannte herum, tanzte oder aß eben Kalbsfüße. Nie hat das Herz gestreikt. Die ganzen 117 Jahre lang nicht.

Mein Herz schlägt erst seit 13 (fast 14) Jahren, 104 Jahre weniger als das von Violet. Und wenn das so weitergeht, auch nicht mehr lang, denn ich bin seit sechs Jahren krank. Ich darf nicht Achterbahn fahren, nicht ins Schwimmbad, ich darf nicht einmal mehr zur Schule. Das Krankenhaus ist seit ein paar Monaten mein Zuhause. Ich bin ewig nicht mehr herumgerannt oder habe getanzt. Nur geschlafen. Und wie. Und gewartet habe ich. Auf ein Herz, das genauso stark ist wie das von Violet, aber hoffentlich ein ganzes Stück jünger. Denn meins muss wie die Batterien einer Taschenlampe ausgetauscht werden. Darum zähle ich die Sekunden und Minuten, die Stunden und Tage, bis sie zu Wochen und Monaten werden, in denen ich die ganze Zeit mit dem Monitor an meinem Krankenhausbett verbunden bin. Die Zeit kriecht hier ohrenbetäubend langsam dahin. Hätte ich nur ein so starkes Herz wie Violet. Dafür würde ich alles tun. Sogar Kalbsfüße essen.

Boyd

Mein Skateboard rattert über den Waldweg. Durch die Bäume schickt die untergehende Sonne grelle Lichtstreifen. Das Board rumpelt über die Steine, meine Beine zittern. Schneller und schneller jage ich dahin und gebe trotzdem auf das Foto in meiner Hosentasche acht. Denn wenn ich mich zu fest abstoße, knickt es womöglich, und das darf nicht passieren. Auf keinen Fall.

Bei dem Brand in seinem Haus hat Opa fast alle alten Erinnerungsstücke verloren. Und deshalb habe ich mir etwas ausgedacht. Eine Überraschung, als kleine Wiedergutmachung für meinen verheerenden Fehler vor drei Wochen, durch den sein Haus und all seine geliebten Sachen futsch sind.

Ich taste nach dem angekokelten Foto an meinem Oberschenkel. Der holprige Waldweg geht in Asphalt über, hier kann ich noch mehr Fahrt aufnehmen.

An der nächsten Kreuzung könnte ich rechts abbiegen und einen Umweg machen oder nach links über die schmale Brücke rasen, ein Fahrradweg über die Autobahn. Die Brücke hat ein schmiedeeisernes Geländer. Ich habe noch eine Wette mit mir selbst laufen: Bei dem abschüssigen Stück der Brücke muss ich aufs Geländer grinden, das Gleichgewicht halten und dann wieder zurück auf den Fahrweg springen. Mit ein bisschen Glück dabei noch einen Kickflip einbauen, bevor ich wieder auf dem glatten Asphalt lande.

Ich fahre also nach links in Richtung Brücke. Das erste Stück renne ich hoch. Unter mir rasen die Autos. Dann fahre ich mit dem Board weiter, bis ich das abschüssige Stück der Brücke erreicht habe. Der Wind saust mir um die Ohren, fast weht er mir die Mütze weg. Ich fahre immer schneller und springe mit dem Board hoch auf das Geländer. Im perfekten Bogen lande ich mit dem Brett auf der Eisenstange. Yes! Ich beuge den Oberkörper ein klein wenig vor und mache Tempo. Schneller, immer schneller.

Ich grinse, bis ich mit einem Mal das Gleichgewicht verliere, keine Ahnung warum, vielleicht ist es der Wind oder ein Hubbel auf dem Geländer. Mein Körper dreht sich, und bevor ich mich irgendwo festhalten kann, falle ich. Es ist hoch, ich weiß verdammt gut, wie hoch es ist.

Während ich quietschende Reifen und bremsende Autos höre, schießt mir alles Mögliche durch den Kopf. Opa, meine Eltern, der große Kopf meines Hundes Nero. Und dann, wie in Slow Motion, sehe ich mir selbst dabei zu, wie ich kopfüber auf die Autobahn stürze. Mein Skateboard fliegt in die Böschung. Das Foto flattert aus meiner Hosentasche. Und ich knalle mit dem Kopf auf den Asphalt. Danach ist alles schwarz.

Elias

Die Nächte im Krankenhaus sind immer gleich. Die Krankenpfleger machen ihre Runden und besprechen auf den Gängen flüsternd die Fälle der anderen Kinder, die hier liegen. Oder sie erzählen sich, was sie am Wochenende vorhaben. Sie stellen sich an jedes Bett, kontrollieren Infusionen, den Blutdruck, den Herzrhythmus und helfen Kindern zur Toilette. Meistens wache ich drei, vier Mal auf. Aber heute Nacht ist alles anders. Jemand tippt mir an die Schulter. Es dauert eine Weile, bis ich den Schlaf abschüttele. Langsamer, als mir lieb ist, erwacht mein Kopf. Ich reibe mir die Augen und erkenne Schwester Suzannes Gesicht dicht an meinem.

»Elias, aufwachen«, flüstert sie.

»Was?«, krächze ich.

»Nicht erschrecken.«

Aber wenn jemand »nicht erschrecken« sagt, dann erschrickt man erst recht, besonders in einem Krankenhaus und dann auch noch mitten in der Nacht. Ich versuche, mich aufzusetzen.

»Bleib nur liegen. Ich muss dir etwas sagen.« Kurz ist sie still. »Wir haben ein Herz für dich.«

Sie lächelt, aber ihre Augen tun es nicht. Normalerweise werde ich ruhig, wenn ich sie ansehe. Ihr Gesicht strahlt irgendwie immer wie die Sonne, nur eben jetzt nicht. In meinem Brustkorb beginnt es zu wummern. Die kleinen Muskeln in meinen Händen zucken. In der Dunkelheit schaue ich zur großen Uhr. Automatisch lege ich Zeige- und Mittelfinger auf mein linkes Handgelenk und fühle meinen Puls, während der Sekundenzeiger vorankriecht. Einundzwanzig, zweiundzwanzig, dreiundzwanzig …

»Aber …« Die Worte bleiben mir im Hals stecken. Ich habe mich so lange nach diesem Satz gesehnt: *Wir haben ein Herz für dich.* Und nun weiß ich nichts damit anzufangen. Vorsichtig versuche ich mich noch einmal aufzusetzen, aber mir wird sofort schwindelig, und so sacke ich zusammen. Suzanne fängt mich auf und deckt mich wieder zu.

»Ganz ruhig, Elias. Alles wird gut, wir kriegen das hin. Deine Eltern sind schon unterwegs.« Sanft löst sie meine Finger vom Puls.

Ein Herz. Ich kriege ein neues Herz! Nach so langer Zeit. Aus meiner Kehle dringt ein Piepsen.

»Denk an deine Übungen«, sagt Suzanne.

Die Übungen: Ich lege mir die Hände auf den Bauch und schicke den Atem zum Nabel. Ein und aus. Ein und aus. Ein und aus. Hundert Mal und dann wieder von vorn.

In den nächsten Stunden herrscht Hochbetrieb. Mit dem Bett und allen Apparaten werde ich in ein anderes Zimmer gebracht. Draußen ist es tiefe Nacht, deshalb hat das hier etwas von einer Geheimmission. Ärzte kommen und gehen. Es werden weitere Messgeräte angeschlossen. Jeder ist hochkonzentriert. Nur ich liege einfach herum. Mit den Händen unter der Decke zähle ich die Schläge in meiner Brust, immer und immer wieder. Mein Herz rast wie verrückt.

Ich hatte früher einen Kreisel, der sich perfekt auf der Tischplatte drehte, wenn man es geschickt anstellte. Dem konnte ich stundenlang zusehen. Wenn man aber zu wild vorging, schoss er in alle Richtungen und fiel vom Tisch. Mittlerweile benimmt sich mein Herz wie dieser Kreisel. Und das Bild, wie ich auf dem Operationstisch liege, während sie mein Herz gegen ein anderes austauschen, geht mir ständig durch den Kopf. Ich reibe mir über die nackten Arme. Gleich liegt noch jemand anderes auf einem Operationstisch. Ich bekomme sein allerwichtigstes Organ, seine Batterie, seinen Kreisel.

»Elias.« Mama kommt herein und Papa gleich hinterher. Ihm kleben die Haare platt am Kopf, Mama ist unter den Augen ganz schwarz von der verlaufenen Wimperntusche. Sie umklammert mich vorsichtig, und Papa legt seine langen Arme um uns beide. Sie riechen nach Bettdecke und Schlaf. Ich muss schlucken, aber es nützt nichts. Unsere Gesichter sind dicht beieinander. Irgendwann weiß ich nicht mehr, von wem die Tränen sind.

»Endlich«, flüstert Mama.

»Das kann man wohl sagen.« Papa legt seine große Hand warm auf meine Wange.

»Guten Morgen zusammen.« Ein Arzt kommt herein, den ich nicht kenne, gefolgt von zwei weiteren Ärzten. Schwester Suzanne ist immer noch da und lächelt mich jedes Mal an, wenn sich unsere Blicke treffen.

»Ich muss hier leider unterbrechen, wir nehmen Elias jetzt mit in den OP«, sagt der Arzt.

Wenn es etwas gibt, das wir alle drei genau wissen, dann, dass uns nur wenig Zeit bleibt. Alles muss gut gehen, genau nach Drehbuch. Ich kenne es in- und auswendig. Wir sehen uns noch einen Augenblick an und denken wahrscheinlich dasselbe: Hoffentlich ist das kein Abschied für immer.

Jemand schiebt mich und mein Bett aus dem Zimmer. Ich fühle wie besessen meinen Puls.

Boyd

Das glaubt mir keiner, was ich gestern Abend und letzte Nacht alles mitgemacht habe. Nachdem ich von der Brücke gestürzt bin und alles schwarz wurde, kam ich noch einmal ganz kurz zu Bewusstsein. Es war seltsam neblig, das Blaulicht eines Krankenwagens konnte ich trotzdem erkennen. Die Autos auf der Autobahn standen alle still. Kurz darauf wurde mir wieder schwarz vor Augen. Einige Zeit später war ich aber plötzlich wieder da. Es war alles so seltsam. Aus einiger Entfernung sah ich zu, wie mein von einem Laken bedeckter Körper auf einer Trage durch ein Krankenhaus gefahren wurde. Ein Operationssaal war das Ziel. Von dem, was sich dort dann abspielte, wurde mir nicht nur schwindlig, mir wurde schlecht. Da lag mein Körper, jede Menge Ärzte standen um mich herum, und ich schwöre, sie holten etwas aus mir heraus. Ich rannte weg und würgte. Kurz darauf kam jemand mit einer Kühlbox aus dem OP. Die Ärzte waren zufrieden. Die »Entnahme« war gelungen. Verdammt, verdammt nochmal, HILFE, dachte ich.

Wenn etwas Schlimmes passiert ist, etwas, woran ich nicht denken will (wie das Feuer in Opas Haus), gehe ich normalerweise zur nächsten Imbissbude und bestelle Pommes mit so viel Mayo, dass ich auf der Stelle allen Kummer vergesse. Aber jetzt kann mir nicht einmal eine Megaportion Pommes und ein Eimer Mayo helfen.

Zwei Dinge weiß ich jedenfalls. Erstens: Ich bin tot. Zweitens: Ich bin ein Geist. Denn als ich nach dem Anblick der Kühlbox wegrannte, lief ich direkt durch eine ältere Frau hindurch. Wirklich! Da verstand ich gar nichts mehr, und ich tue es noch immer nicht. Was passiert hier gerade? Was machen sie mit meinem Herzen? Warum haben sie es mir weggenommen?

Ich bin tot, selbst schuld. Wie kann man nur so blöd sein, mit einem Skateboard über das Geländer einer Autobahnbrücke zu brettern? Du Boyd. Du Trottel. Du Vollpfosten, Strohkopf, Kasper. Wie benommen taumle ich durch die Krankenhausgänge. Hin und her. Was geht hier vor? Ich rieche doch, und ich kann sehen und fühlen. Aber niemand sieht, fühlt und riecht *mich*. Ich habe noch nie an den Tod gedacht oder daran, was wohl nach dem Leben kommt, aber das hier habe ich garantiert nicht erwartet.

Ich will nach Hause. Nichts wie weg hier. Ich renne die bunten Linien entlang, die die Wege auf dem Fußboden markieren. Unterwegs begegne ich ein paar Menschen.

»Hallo!?«, rufe ich einem großen Mann zu.

Keine Reaktion. Niemand sieht mich, wen ich auch anbrülle oder anrempele.

Ich laufe zur Cafeteria und lasse mich auf einen Stuhl fallen. Eine Weile beobachte ich, wie Menschen kommen und gehen, bis ich plötzlich, ohne Vorwarnung, meine Eltern und meinen Opa erblicke. Ihre Gesichter sind rot gefleckt. Sie stützen sich gegenseitig. Ich habe einen Kloß im Hals, ich muss husten, um ihn loszuwerden. Ich finde es unheimlich, in ihrer Nähe zu sein. Vielleicht können sie mich ja sehen? Oder viel schlimmer, vielleicht können sie es *nicht*? Als sie an mir vorbeigehen und an einem Tisch Platz nehmen, bleibe ich auf dem Stuhl wie festgenagelt sitzen. Der Abstand ist ein wenig zu groß. Bis auf ein paar Wortfetzen kann ich nicht verstehen, was sie reden. Meine Ma sagt sehr oft »Aber warum?« und dann bricht sie in Tränen aus. Mein Magen krampft sich zusammen. Noch nie habe ich Pa, Ma und Opa weinen sehen, und jetzt tun sie es alle drei. Warum bin ich nur so dumm gewesen? Warum mache ich solche scheißgefährlichen Sachen? Ich stehe auf und renne zurück zum OP.

Auf halbem Weg knalle ich mit einem Mal hin. Was ist denn nun schon wieder los? Vor mir blitzen wieder Bilder auf, aber dieses Mal von einem anderen Jungen, einem blassen dünnen Jungen mit dunkelbraunem Haar. Er liegt jetzt auch auf so einem Tisch wie ich vorhin, und er hat die Augen geschlossen. Und auch er ist mit einem großen Tuch bedeckt. Kurz glaube ich, ich wäre er und nicht Boyd. Ich raufe mir die Haare und sacke langsam an der Wand zu Boden.

Elias

Das vertraute Piepen des Herzmonitors ist mein Morsecode, der mir durch die Narkose hindurch Nachrichten schickt. Pling-pling-Elias-du-bist-noch-da-pling. Mein Körper wiegt tausend Kilo. Gleich kracht er durch die Matratze und weiter bis zum Mittelpunkt der Erde. Mit sehr viel Mühe versuche ich zu blinzeln.

»Elias«, flüstert jemand. Es ist Mama, sie streichelt meine Hand.

»Alles ist gut gegangen«, flüstert mir Papa ins Ohr.

Ihre Stimmen klingen ein bisschen dumpf. Ich möchte etwas sagen, schaffe es aber nicht. Mir steckt ein Beatmungsschlauch im Hals.

»Scht«, sagt Mama.

»Ab jetzt … besser, Junge!« Wortschnipsel von Papa.

Ich nicke, aber wahrscheinlich bemerken sie es nicht. Links von mir stehen die Infusionen und der große Monitor mit den Piepstönen meines Herzens. Meines neuen Herzens. Ich will tief einatmen, aber mit dem Schlauch im Hals ist das so eine Sache. Meine Hände klammern sich am Laken fest. Ich gebe mir Mühe, still zu liegen.

»Immer mit der Ruhe«, sagt Mama.

Ich blicke nach oben und zähle die Sprenkel auf den weißen Platten an der Decke. Zehn, elf, zwölf … langsam entspannen sich meine Hände, der Druck in meiner Brust lässt nach. Mit geschlossenen Augen versuche ich, meinen Herzschlag zu hören. Ich spüre aber nur die Narkose, die wie ein Nebel durch meinen Körper zieht und ein taubes Gefühl hinterlässt. Hat sich etwas verändert? Es ist irgendwie … neu. Real, als hätte jemand den Reset-Knopf gedrückt. Dann höre ich das Pochen doch, und es ist so stark, dass sogar meine Bettdecke bebt. Ich denke an alles und nichts.

»Guten Tag, Familie Huizinga.«

Diese sanfte Stimme kenne ich.

»Guten Tag, Doktor Pilas«, sagen meine Eltern wie aus einem Mund.

»Ich habe eben schon kurz mit deinen Eltern gesprochen, Elias. Die Operation ist sehr gut verlaufen. Jetzt musst du dich erholen. Aber wenn alles gut geht, sieht dein Leben bald ein ganzes Stück rosiger aus.« Er klopft mir sanft auf meinen Unterschenkel. »So, nun muss ich dir ein paar Fragen stellen.«

Ich nicke, sehr vorsichtig. Der Beatmungsschlauch fühlt sich komisch an. Die Maschine bestimmt, wie ich zu atmen habe.

»Kannst du mir in die Hand kneifen?«, fragt der Doktor.

Ich kneife.

»Mit den Zehen wackeln?«

Ich wackle.

»Gut gemacht. Das geht doch prima. Dann versuche jetzt, ein wenig zu schlafen.«

Mein Kopf ist ein einziger Brei. Das einzige, was glasklar ist: das regelmäßige Pling-pling-pling des Monitors. Lächelnd schlafe ich ein. Ich lebe noch.

Boyd

Als ich eben diese komischen Bilder im Kopf hatte, wusste ich mit einem Mal genau, wo dieser Junge sich befindet, so als würde ich mit *seinen* Augen sehen. Während jemand die Kühlbox wegtrug, wurde er aus dem OP geschoben, hinein in den Aufzug und dann den Gang entlang. Ich konnte sein Gesicht sehen, genauso bleich wie das Laken, unter dem er lag.

Ich beschließe, denselben Weg zu nehmen. Die Schwestern haben ihn in ein Krankenzimmer gefahren und das Bett an der Rückwand abgestellt. Ich laufe immer schneller durch die Gänge, bis mich plötzlich irgendetwas stoppt.

Hier muss es sein. Durch das kleine Fenster in der Tür blicke ich ins Zimmer. Der Junge schläft ganz friedlich. Die Arme liegen steif auf der Bettdecke. Neben ihm sitzen ein Mann und eine Frau, bestimmt seine Eltern. Sie streicheln die ganze Zeit seinen Kopf. Wie anstrengend. Ich an seiner Stelle hätte längst rebelliert.

Ärzte gehen ein und aus, aber niemand bemerkt mich. Könnte ich doch einfach zurück, in meinen Wald, nach Hause, zu Opa, meinen Eltern, Nero. Aber vielleicht wollen sie mich niemals wiedersehen, wenn sie dahinterkommen, was ich getan habe. Ich gehe den Flur entlang, komme aber nicht weit. Als würde ich gegen eine unsichtbare Gummiwand laufen. Also setze ich mich ans Fenster. Ein Zombie, der verschnaufen muss.

Der Junge schläft und schläft, während um ihn herum der ganze Zirkus weitergeht. Krankenschwestern, Ärzte, Kabel, Schläuche, nichts stört ihn. Echt übel. »Du stehst das durch, ja? Sonst ist das hier alles umsonst!«, rufe ich. Auf dem Gang gehe ich auf und ab. Eine Schwester kommt heraus, sie riecht nach Schweiß. Dann war die Operation wohl wirklich kompliziert. Um den Schweißgeruch der Schwester zu vertreiben, denke ich an alles, was ich gern rieche: Benzin oder Diesel. Neros Fell, nachdem er sich im Gras gewälzt hat. Lagerfeuer am Strand.

Plötzlich sehe ich das brennende Haus meines Opas vor mir. Meine Jacke habe ich beim Schuppen vergessen. Ich weiß immer noch nicht, ob sie jemand gefunden hat. Und dann fällt mir das Foto in meiner Hosentasche ein. Ich greife hinein. Es ist weg! Na klar. Ich stehe auf und renne zum Ausgang. Wieder komme ich nicht weit, wieder pralle ich gegen die unsichtbare Gummiwand. Ich bin gefangen!

Elias

Als ich die Augen öffne, fühle ich mich schon viel besser. Der Narkosenebel hat sich verzogen. Und der Beatmungsschlauch ist zum Glück auch weg. Mein Hals ist rau, aber das beklemmende Gefühl hat sich verflüchtigt. Ganz vorsichtig betaste ich den dicken Verband auf meiner Brust. Klopft es? Pocht es? Schlägt mein Herz noch? Natürlich, ich bin ja aufgewacht. Mit meinem neuen Herz. Wie oft hat es jetzt schon geschlagen? In mir? Ich schaue zur Uhr und berechne den Zeitraum seit dem Augenblick, als ich in den OP gefahren wurde. Knapp dreißig Stunden ist das her. Ich versuche, es auszurechnen. Nach einer Transplantation schlägt ein Herz nicht achtzig, sondern hundert Mal pro Minute, hat der Arzt gesagt. Also hundert mal sechzig mal dreißig. Die Zahlen tanzen mir im Kopf herum, doch schließlich komme ich auf 180 000. Schon so viele Schläge gehört das Herz zu mir.

Meine Eltern sind nicht da. Ich muss wohl sehr lange geschlafen haben, sie holen sich bestimmt gerade einen Kaffee. Ich hieve mich hoch und blättere in einem meiner Notizbücher, in denen ich aufschreibe, wie ich mich fühle. Die Note, die ich mir vor meiner Psychologin wöchentlich selbst geben muss, ist nie besser als eine 5, mangelhaft.

Als ich aufblicke, steht da plötzlich ein Junge. Ich erschrecke mich fast zu Tode und greife automatisch nach dem Alarmknopf neben meinem Bett.

»Wer bist du?« Meine Stimme überschlägt sich. »Du darfst hier nicht einfach so reinspaz…«

»Du siehst mich?«, ruft er laut.

Einen Moment lang sehen wir uns schweigend an.

»Ich wollte dich auch gerade fragen, wer du bist«, sagt er.

Seine stahlblauen Augen sind sehr intensiv, als könne er mir direkt in den Kopf blicken. Er schüttelt sich die blonden Locken aus dem Gesicht. Seine Wangen glühen. Ich habe diesen Jungen noch nie gesehen, aber seltsamerweise kommt er mir irgendwie bekannt vor.

»Ich bin Elias«, sage ich und lasse den Alarmknopf los.

Er nickt. »Boyd Broekman.« Dann deutet er auf meinen Brustkorb. »Was ist das?«

Ich starre ihn an, er klopft sich auf die Brust.

»Das hier?« Ich lege meine Hand auf den Verband. »Ich habe ein neues Herz.«

»Ja, ich weiß. Aber was war davor mit dir los?«

»Äh«, stammle ich, »davor war mein Herz krank. Kennen wir uns?«

Er zuckt die Schultern. »Ja und nein.«

»Wie jetzt?«

»Du kennst mich nicht, aber du hast etwas von mir.«

»Wie meinst du das?« Mir wird ganz heiß.

»Ich erzähle es dir, wenn du versprichst, nicht noch blasser zu werden. Du bist ja so bleich wie ein Gespenst.«

Was soll man darauf antworten? »Gut, ich gebe mir Mühe.«

»Und nicht erschrecken, okay?« Er kommt ein paar Schritte

näher, beugt sich zu mir runter und berührt meine Brust. »Das da.«

Ich schnappe nach Luft und strecke abwehrend die Arme aus. Wie kann er das machen! Meine Brust berühren! Aber dann bemerke ich, dass ich nicht spüre, wie seine Fingerspitzen auf den Verband drücken.

»Und was bitte soll ich von dir haben?«, frage ich mit zitternder Stimme.

»Mein Herz.«

»Was?« Mein neues Herz klopft wie wild.

»Das bin ich.« Wieder tippt er mir auf die Brust.

Ich schlucke mühsam.

»Ich bin dein neues Herz«, sagt er.

Boyd

Dieser dünne Junge mit den verklebten Haaren sitzt da und starrt mich an. Ich kann seine Knochen zählen: die Schlüsselbeine, die Fingerglieder, die Rippen. Ich habe mir oft die Gliedmaßen gebrochen und mich immer auf den Tag gefreut, wenn der Gips wieder runterkam. Und dann war der Arm oder das Bein plötzlich ganz mager, weil ich ja die Muskeln nicht bewegt hatte. So mager ist alles an ihm. Als würden seine Knochen nicht in seinen Körper passen. Und die Haut ist viel zu straff.

»Machst du Witze?«

»Ich wünschte, es wäre so«, antworte ich.

»Aber das ist doch unmöglich.« Elias wackelt mit den Füßen.

»Nee, eigentlich nicht, nein. Ich weiß nur, dass ich seit ein paar Stunden durch Menschen hindurchspazieren kann und dass etwas aus meinem Körper in eine Kühlbox getan und bei dir eingepflanzt wurde.« Ich fahre mir durch die Haare.

Er schaut mich fragend an.

»Du fängst jetzt aber nicht zu heulen an, oder? Das packe ich jetzt nicht, klar?«

Elias sackt in die Kissen zurück. »Bist du dir sicher? Ich habe dein Herz?«

»Ja, komm mit. Dann zeige ich dir, wo mein Körper jetzt ist.

Das wird Beweis genug sein.« Ich frage mich, was das hier eigentlich soll. Sitze ich jetzt auf ewig hier mit diesem Jungen fest? Dann wäre ich doch lieber richtig tot.

Er fummelt an der Bettdecke herum. »Ich darf noch nicht aufstehen.«

»Na, dann musst du mir wohl einfach glauben.« Neben seinem Bett steht ein Stuhl. Ich setze mich. »Ich habe Bildfetzen von dir gesehen. Du auf dem OP-Tisch.«

»Echt?« Er glaubt mir nicht.

»Ja, echt. Und ich wusste auch genau, wo du bist. Warum auch immer.«

Er sagt eine Weile nichts. Mich macht das immer nervös, wenn Menschen auf einmal nichts mehr sagen, also stehe ich wieder auf und tigere durchs Zimmer. Eigentlich will ich irgendwas kaputtmachen, aber ich finde nichts Passendes.

»Wir sind uns überhaupt nicht ähnlich«, sagt er endlich.

»Ja, das stimmt. Hundertprozentig. Denn ich kann mich nicht erinnern, dass ich jemals so mies ausgesehen hätte.«

Er zuckt die Schulter. »Ich sehe schon seit Jahren nicht mehr ganz frisch aus.«

»Wie alt bist du überhaupt?«, frage ich.

»Fast vierzehn.«

»Und in welche Klasse gehst du?«

Er starrt mit stumpfem Blick an mir vorbei. »In die siebte. Aber ich gehe schon länger nicht mehr zur Schule.«

»Fett«, sage ich.

Plötzlich kichert er. Der kann ja lachen!

»Ab und zu bekomme ich Zoom-Unterricht. Aber das bringt nicht viel.«

»Kann ich gut verstehen.«

»Boyd …« Wieder macht er sich an der Bettdecke zu schaffen. »Wenn ich dein Herz habe, dann …«

Ich gehe zum Fenster und schaue nach draußen. »Du willst wissen, ob ich tot bin?«

»Hmm.«

»Ja, ich glaube schon.«

»Aber wieso?«

Ich balle die Fäuste. »Weil ich ein Idiot bin.«

»Was ist passiert?«

»Ein Unfall. Ich bin von einer Brücke gestürzt.« Ich wedele seine Fragen fort. »Die Sirenen habe ich noch gehört, als ich im Krankenwagen lag. Aber ich habe es offensichtlich nicht überlebt.«

Er schaut mich mit großen Augen an. »Hat es wehgetan?«

»Keine Ahnung. Alles ging so schnell. Ich bin noch einmal ganz kurz aufgewacht, aber ich habe nichts gespürt. Ich sah nur ein paar schummrige Umrisse.«

»Wie krass«, sagt Elias.

»Yesssss.«

»Komisch, seit du bei mir bist, geht es mir schon etwas besser.«

»Sehr gut.«

Er zieht die Decke bis zum Kinn und nickt. Ich lasse mich auf den Stuhl fallen und lege die Füße auf den Bettrand. »Was wäre eigentlich passiert, wenn du meine Pumpe nicht gekriegt hättest?«

»Deine was?«, fragt Elias.

»Meine Pumpe. Mein Herz.« Wieder sehe ich Opa vor mir. Das ist sein Wort. Wenn wir zu viel herumgetollt hatten, hatte er sich vornübergebeugt, die Hände auf die Knie gestützt und lachend mit seiner rauen Stimme gesagt: *Denk an meine Pumpe, Junge! Die muss noch ein paar Jahre durchhalten.* Und jetzt bin ich vor ihm gestorben.

»Dann hätte ich nicht mehr lange gelebt«, sagt Elias.

Die Tür geht auf. Seine Mutter kommt herein. Sie hat zwei Becher in der Hand.

»In der Cafeteria war vielleicht was los«, sagt sie.

Ich springe vom Stuhl. Sie sieht mich nicht. Elias schaut mir verwundert hinterher, als ich aus dem Zimmer husche.

Elias

Es war eine unruhige Nacht. Andauernd bin ich hochgeschreckt und habe mich im Zimmer umgesehen. Wo war Boyd? Nun ist der Morgen schon fast vorbei und immer noch keine Spur von ihm. Habe ich mir das alles nur eingebildet? Papa sitzt seit ein paar Stunden still neben mir. Mama tigert durchs Zimmer. Das macht sie immer, wenn sie nervös ist. Früher hat sie das immer gemacht, wenn ich einen Auftritt hatte, wodurch meine eigene Aufregung nur noch größer wurde. Wie lange das her ist. Ich bemühe mich, ganz normal zu wirken, und spiele auf meinem Handy *Line Rider*. Danach schicke ich Puck eine Nachricht. Wir sind »Leidensgenossen«, so nennen wir uns gegenseitig. Sie liegt nur zwei Gänge weiter, trotzdem habe ich sie seit zwei Wochen nicht mehr gesehen.

Dann will ich mein Handy eigentlich weglegen, aber ich kann der Versuchung nicht widerstehen und öffne den Browser. *Abstoßungsreaktion Herztransplantation* tippe ich ein und drehe das Display ein wenig, damit Papa nicht sieht, was ich gerade tue. Ich lese allerlei Fachbegriffe, die ich bereits kenne, nicht aber das, worüber ich nachdenke: Kann man nach so einer Operation den Verstand verlieren? Ich versuche es mit *Halluzinationen Abstoßung Herz*.

»Möchtest du etwas trinken?« Plötzlich steht Mama mit einem Glas Wasser neben mir.

Rasch klicke ich den Browser weg. »Nein, danke.«

»Wie fühlst du dich?«, fragt Papa.

»Weiß nicht so genau.« Boyd geht mir nicht aus dem Kopf. Ich will gar nicht an ihn denken, aber irgendwie tue ich es doch. Werde ich langsam verrückt? Oder ist das wirklich wahr? Ja, und wie geht es mir eigentlich? Mein Herz schlägt, das spüre ich, auch wenn ich gar nichts dafür tun muss. Das war vorher anders. Da spürte ich es nur, wenn ich meinen Puls fühlte und dabei die Augen zukniff. Irgendwo weit weg klopfte es dann, ruhig und gemächlich. Jetzt ist es ein dringliches Wummern, durch das ich weiß, dass ich da bin. Und dass Boyd da ist, falls ich nicht doch halluziniere. Wenn er nicht hier ist, klopft mein Herz sogar noch stärker. Ich will, dass er wiederkommt. Oder war es doch nur ein Traum?

»Alles wird gut, mein Schatz«, sagt Mama. »Es ist so viel passiert.«

»Mir tut nur alles weh«, sage ich. »Und ich bin so müde.«

»Das verstehe ich. Wir müssen noch auf den Doktor warten, dann lassen wir dich schlafen.«

Ich schaue zum x-ten Mal zur Tür hinüber, durch die Boyd gestern Abend verschwunden ist. Endlich höre ich Dr. Pilas. Er hat eine feste Routine: Er klopft zwei Mal an, tritt ein, gibt meinen Eltern die Hand, nickt mir lächelnd zu und zieht dann seine Brille aus der Brusttasche. Als er bei dem Teil mit der Brille angekommen ist, lugt Boyd um die Ecke.

»Hallo Elias, wie geht's dir?«, fragt der Arzt.

»Geht so«, sage ich.

Dr. Pilas lächelt.

»Er ist noch sehr müde. Und alles tut ihm weh.« Mama schiebt die Hand unter die Decke und streichelt meinen Fuß. »Dein Bein ist warm«, sagt sie überrascht.

»Das ist einer der Vorteile einer gesunden Herzfunktion«, sagt Dr. Pilas. »Ruh dich gut aus, danach kümmern wir uns um deine Genesung. Wir bauen deine Kondition wieder auf und behalten scharf im Auge, ob dein Herz das alles mitmacht.« Dann schaut er mit einer kleinen Taschenlampe in meine Augen und horcht mit seinem Stethoskop in meinen Körper.

»Und wenn es nicht mitmacht?«, frage ich, obwohl ich die Antwort eigentlich schon kenne.

Dr. Pilas blickt auf. »Wir haben dir ein neues Herz eingesetzt, jetzt ist es an ihm, sich bei dir wohlzufühlen. Dass es gut mit dem Rest deines Körpers zusammenarbeitet und nicht von ihm abgestoßen wird. Wir müssen das regelmäßig kontrollieren. Aber ab jetzt wird alles besser, Elias. Dein Herz wird wieder hüpfen. Das ist unsere Mission.« Er klopft mir aufs Bein.

Er trägt Handschuhe, aber ich weiß, darunter stecken Hände wie aus einem Werbespot: tadellos sauber und ordentlich. Diese Handschuhhände haben vor kurzem noch mit allerlei Instrumenten in meinem Innersten herumgestochert. Wenn ich dieses Bild vor mir sehe, wird mir ein bisschen übel. Im Flur steht Boyd. Er verzieht angeekelt das Gesicht. Denkt er vielleicht gerade dasselbe wie ich …?

Ich lasse Dr. Pilas seine Liste abarbeiten, wie er es die vergangenen Monate jeden Tag getan hat. Jetzt muss ich es nur irgendwie hinkriegen, dass meine Eltern aus dem Zimmer gehen.

»Darf ich jetzt schlafen?«, frage ich.

»Natürlich darfst du das.« Mama nimmt eine Zeitschrift vom Stuhl.

»Aber ich kann nicht so gut schlafen, wenn ihr mich dabei beobachtet.« Ich hoffe, sie nehmen mir das ab, denn wie oft ich genau das in letzter Zeit getan habe, lässt sich nicht an zwei Händen abzählen.

Papa blickt Mama an und nickt dann zur Tür hinüber. Widerwillig legt sie die Zeitschrift weg.

»Wir sind bald wieder da«, sagt sie.

»Okay«, sage ich.

Sobald sie aus der Tür sind, kommt Boyd herein. Mein … nein, unser Herz macht einen Sprung, was mich erschreckt.

»Alter, was für ernsthafte Gespräche«, sagt er.

»Es ist auch ernst. Wo hast du gesteckt?«

»Überall und nirgends. Kleine Runden durch die Gänge gedreht, weiter komme ich nicht.«

»Und niemand hat dich gesehen?«

Boyd schüttelt den Kopf. »Wie lange liegst du hier eigentlich schon? In diesem Loch?«

»Ein paar Monate. Zuhause ging's irgendwann nicht mehr. Außerdem ist die Chance auf ein neues Herz größer, wenn man im Krankenhaus liegt.« Ich versuche, mich ein wenig aufzurichten.

Mit hochgezogenen Augenbrauen sieht Boyd mich an. »Und was machst du hier den ganzen Tag?«

»Was glaubst du?«

Er zuckt die Schultern.

»Nichts«, sage ich. »Fernsehen. Lesen. Games auf dem Handy. Basteln. Schlafen. Getestet werden. Und dann alles wieder von vorne.« Und Puck besuchen, denke ich, aber das sage ich ihm nicht.

»Junge, Junge, ich würde durchdrehen.« Boyd pfeift einen hohen Ton. »Das ändert sich aber bald, oder? Sonst halte ich das nicht aus.«

»Das hängt ganz von deinem Herz ab«, sage ich.

»Und von deinem Körper. Ich an deiner Stelle würde langsam mal anfangen zu trainieren, das wird dir guttun.«

Ich betrachte meinen knochigen Körper unter der weißen Bettdecke. »Du hast leicht reden. Du weißt nicht, wie ich mich fühle.«

»Und du weißt nicht, wie es sich anfühlt, von einer Brücke zu donnern und dabei zuzusehen, wie das eigene Herz in einen anderen Jungen gestopft wird.«

»Nein.«

Was hätte ich auch sonst sagen sollen?

Boyd

Ich versuche, mich so gut wie möglich abzulenken, denn sonst denke ich nur an zu Hause. Daran, was Opa gerade tut, an Nero, der vielleicht noch immer auf der Fußmatte liegt und auf mich wartet, an meine Eltern, die jetzt wahrscheinlich meine Beerdigung regeln. Wer wohl alles kommt? Werden meine Freunde etwas sagen oder trauen sie sich nicht? Ich kann jedenfalls nicht hingehen, um mir das anzuschauen. Es ist grässlich, wenn man irgendwo hinwill und es nicht kann. Dieses Krankenhaus ist schrecklich. Überall dieselbe Farbe, dieselben hässlichen Gemälde, dieselben quadratischen Wartezimmer, in denen die Patienten einsam vor sich hinstarren. In allen Zimmern, die ich betrete, liegen kranke Menschen. Nicht mehr lang und ich werde verrückt.

Ich kann nicht mehr lebend zu meiner Familie zurück, aber ich kann auf alle Fälle versuchen, meinen dummen Fehler auszubügeln. Dann mache ich zur Abwechslung mal etwas Nützliches. Jetzt muss ich jedenfalls zwei wichtige Dinge wiederfinden: das Foto aus meiner Hosentasche und die Jacke, die ich an dem Tag des Feuers getragen und beim Schuppen vergessen habe. Doch während Elias den ganzen Tag lang untersucht wird, kann ich nicht weg von ihm. Immer, wenn ich mich zu weit von ihm entferne, zieht mich ein unsichtbares Band zurück. Manchmal schon nach zehn Metern, manchmal auch ein wenig weiter, aber raus schaffe ich es nie. Ewig oft habe ich probiert, durch die Drehtür zu spazieren, aber ich lande jedes Mal auf der Fresse. Das bedeutet wohl, dass ich meine Probleme nicht lösen kann, solange Elias im Krankenhaus ist. Und das wird bestimmt noch eine ganze Weile so bleiben. Er muss doch schon mit der Matratze zusammengewachsen sein.

Noch nie habe ich so viele öde Stunden hintereinander durchgemacht. Mein Tagesablauf der letzten Tage: Elias schläft – Elias wird untersucht – Elias schläft – Elias spielt *Line Rider* – Elias surft mit seinem Handy im Internet – Elias schreibt etwas in sein Notizbuch – Elias isst – Elias wird untersucht – Elias schläft. Und das jeden Tag, seit fünf Tagen schon. Aus langweilig wird todlangweilig, zombielangweilig. Ich hoffe bloß, dass ich nicht für den Rest meiner Zeit an so einen Schluffi gefesselt bin. Elias muss es einfach besser gehen, und zwar ein bisschen schnell, denn sonst komme ich keinen Schritt weiter.

Ich fläze mich auf dem Besucherstuhl herum. »Was ist das allerspannendste, das du je getan hast?«, frage ich.

»Hm …« Elias blickt von seinem Handy auf.

»Das allerspannendste, was du je getan hast«, wiederhole ich. Es muss doch irgendetwas geben, das er in seinem Leben erlebt hat.

Er zieht eine Augenbraue hoch. »Mal nachdenken. Ich bin drei Mal fast gestorben. Oh ja, und ich habe ein neues Herz.«

»Ja, ähm …«, sage ich. »Entschuldige.«

Um seine Lippen, die übrigens seit ein paar Tagen nicht mehr so blass sind, erscheint ein kleines Lächeln. »Macht nichts.«

»Und davor? Als du noch gesund warst?«, bohre ich nach.

Er schnauft und dreht sein Handy zwischen den Fingern. Nach einiger Zeit öffnet er den Mund, schließt ihn aber sofort wieder, als wäre er sich nicht sicher. »Ich weiß es echt nicht. Es ist so lange her.«

»Okay.« Ich suche in meinem Kopf nach spannenden Dingen, über die wir reden könnten, aber hier im Krankenhaus fallen mir auch nur Krankheiten ein.

»Und du?«, fragt er.

Zwei Dinge tauchen auf: Opas Haus in Brand stecken und von einer Brücke klatschen und sterben. Aber das sind keine *guten* spannenden Abenteuer, und sie waren vorbei, bevor ich wusste, wie mir geschah. »Gut und spannend?«

»Ja.«

Eigentlich sind es zu viele, um sie alle aufzuzählen. Ich habe jeden Tag etwas erlebt. »Ich hatte früher einen Stier. Herbie war sein Name.«

»Einen Stier? Das ist wirklich spannend.«

Ich nicke. »Ich war bei seiner Geburt dabei. Seine Mutter hat mir auch gehört.«

»Wie alt warst du damals?« Er legt sein Telefon auf den Nachttisch.

»Sieben.«

»Sieben? Und du hattest eine eigene Kuh und einen Stier?«

»Ja. Auf der Weide vor unserem Haus. Herbie war zahm, ich durfte sogar auf ihm reiten. Irgendwann wollte ich auf der Weide eine kleine Runde mit ihm drehen. Ich setzte mich auf ihn und hielt mich am Halfter fest, guck, so ...« Ich beuge mich auf dem Stuhl wie ein Jockey weit nach vorn.

Elias richtet sich auf und zieht die Knie an.

»Wir wurden immer schneller. Und ich war gut, weißt du? Ich

bin nie runtergefallen.« Beim Erzählen sehe ich noch einmal alles vor mir. »Bis Herbie sich vor irgendetwas erschreckt hat. Er wurde gestochen, gebissen oder ist auf irgendwas getreten. Er ist durchgegangen, galoppierte über die Weide. Und da fiel mir mit einem Mal ein, dass das Gatter noch offenstand.«

Elias' Augen sind so groß wie Untertassen, und sein Mund steht offen wie ein Scheunentor.

»Herbie stürmte durch das Gatter und auf die Straße, direkt auf das Dorf zu. Ich klammerte mich an ihn. Es war wie im Film. Als wir das Dorf erreichten, schrien alle auf und sprangen zur Seite. Herbie schnaubte und bockte die ganze Zeit. Wir jagten die schmale Straße zu meiner Schule entlang und dort warf mir schließlich jemand ein Seil zu. Als Herbie allmählich langsamer wurde, schlang ich es um seinen Hals, sprang herunter und stemmte mich mit dem Seil in der Hand gegen ihn. Leider habe ich den Zaun nicht bemerkt. Eine dieser Zaunspitzen bohrte sich direkt in mein Schienbein …« Ich mache eine Kunstpause, für den Effekt, doch Elias hängt sowieso an meinen Lippen. »Fetter Schmerz, Alter, natürlich, aber ich habe das Seil an den Zaun gebunden, und da hatte ich ihn. Noch eine Stunde ließ ich ihn sich austoben, dann kam Opa mit seinem Anhänger und holte uns ab.«

»Wow.«

Ich sehe alles wieder vor mir, spüre, wie der Wind durch meine Haare wirbelt, während ich mich an Herbies störrischem Nackenfell festklammere.

»Und dein Bein?«

»Dreißig Stiche.« Ich zeige ihm das Kunstwerk auf meinem Schienbein.

»Das ist nicht dein Ernst!«

»Was ist nicht mein Ernst?« Plötzlich steht seine Mutter mit einem Tablett im Zimmer. Elias schnappt sich schnell sein Telefon und starrt auf den Bildschirm.

»Mit wem redest du denn?«, fragt sie.

»Ich, äh …« Elias wirft mir einen flüchtigen Blick zu. Ich zucke die Schultern. »Ach, ich hätte fast meinen Rekord gebrochen.« Er deutet auf das Display. »Hab's vermasselt.«

Sie lächelt und setzt sich neben ihn auf den Stuhl. »Ich habe dir Tee mitgebracht, Schatz. Leg dich hin, dann kannst du dich besser ausruhen.«

Ausruhen? Schon wieder? *Ausruhen kannst du dich, wenn du tot bist*, hat Opa immer gesagt. Nur ich nicht, auf mich trifft das wohl nicht zu. Ich seufze und schlendere aus dem Zimmer.

Elias

Dr. Lise, eigentlich Psychologin Lise, sitzt an meinem Bett. So wie ich hat sie ein Notizbuch. Sie hat mir meins sogar geschenkt. Auf ihrem Schoß liegt eine Mappe mit meinen ganzen Untersuchungsergebnissen. Diese zwei Dinge hat sie immer bei sich: das Notizbuch und die Mappe.

»Wie geht es dir heute?«, fragt sie.

»Weiß nicht so recht.«

»Kannst du mir sagen, wie du dich fühlst?« Sie schlägt das Buch auf und klickert mit dem Kugelschreiber.

Jetzt muss ich etwas sagen. Boyd ist da, heute bleibt er zum ersten Mal bei einer Visite dabei. Vielleicht will er wissen, wie die Dinge stehen? Nervös fummle ich an der Bettdecke herum.

»Stellt die immer so blöde Fragen?«, fragt er.

Ich nicke unauffällig.

»Dann verdrücke ich mich mal besser. Von solchem Geschwafel kriege ich Dünnpfiff. Du schaffst das schon, oder?«

Noch bevor ich antworten kann, ist er weg.

»Elias?«, fragt Dr. Lise.

»Ja?«

»Alles in Ordnung?«

Nein, nichts ist in Ordnung, will ich antworten. Ich habe zu meinem Herz einen Jungen dazubekommen, und ich habe keine Ahnung, wie lange er bleibt. Vielleicht für den Rest meines Lebens? Manchmal denke ich, dass ich übergeschnappt bin. Aber was würde es für einen Sinn machen, darüber zu reden? Sie würden mir ja doch nicht glauben oder denken, bei mir wäre eine Schraube locker. Trotzdem kann ich es nicht lassen, Dr. Lise eine Frage zu stellen.

»Was sind eigentlich die Nebenwirkungen von meinem Spenderherz?«

»Nebenwirkungen? Physisch oder psychisch?«

»Beides.«

»Elias, ich weiß nicht, ob es im Moment klug ist, alle Nebenwirkungen aufzuzählen.« Sie betrachtet meine Finger, die ich an mein Handgelenk presse, um den Puls zu fühlen. Dann nickt sie und macht sich Notizen. Sie kennt meine Macken.

Ich falte die Hände und lege sie auf die Decke. »Dann halt nur die psychischen.«

Sie schiebt ihren Stuhl ein Stück vor. »Gibt es etwas, worüber du sprechen möchtest?«

Die Hitze steigt mir in den Kopf. »Nein, ich bin einfach nur neugierig.«

»So eine Herztransplantation ist sehr heftig. Sowohl psychisch als auch physisch. Es ist nicht ungewöhnlich, dass dich das aufwühlt. Es ist sogar völlig normal, Angst zu haben, nach allem, was du mitgemacht hast.« Sie lächelt.

»Ach, es geht schon«, sage ich.

»Wenn ich mir deine Untersuchungsergebnisse so ansehe, machst du tatsächlich Fortschritte. Und zwar so große, dass ich gute Neuigkeiten für dich habe. Du wirst in dein altes Zimmer verlegt.« Sie legt mir die Hand auf den Unterschenkel.

Mein altes Zimmer? Tausende Schweißtropfen treten auf meine Stirn. Mein altes Zimmer: voller Bakterien und potenzieller Krankheitserreger. An einem viel besuchten Gang und scharenweise Pfleger, die unzählige Patienten angefasst haben. »Ich weiß nicht so recht, ob das schon geht.«

»Aber dein Körper weiß es. Und was sagt dein Kopf dazu?« Dr. Lise bleibt freundlich, immerzu freundlich, auch wenn sie die schlimmsten Nachrichten überbringt.

»So gut fühle ich mich noch nicht«, murmele ich.

»Welche Note würdest du dir denn heute selbst geben?«

Sie hat mir beigebracht, nicht sofort darauf zu antworten. Ich soll immer erst meinen Körper scannen, bevor ich etwas sage. Und das mache ich. Ich konzentriere mich erst auf meine Zehen, meine Beine, dann gehe ich weiter zum Bauch und zur Brust, und schließlich ist der Kopf dran. »Eine Vier, denke ich.« Ich räuspere mich und merke, dass sie mir nicht glaubt. Da war leicht noch Luft nach oben. Trotzdem lächelt sie und notiert es, wie sie immer alles notiert.

Boyd

Auf meiner Tour durchs Krankenhaus komme ich an dem Raum vorbei, in dem die Toten liegen. Ich stelle mir vor, dass meine Eltern hier gewesen sind. Schnell schüttele ich das Bild aus meinem Kopf. Hinter dem Computer am Empfang sitzt ein Mann. Ich kann einfach am Bildschirm zuschauen, welche Daten er eingibt. Vielleicht finde ich ja etwas über mich heraus. Aber was soll mir das bringen? Es macht ja doch keinen Unterschied, also gehe ich wieder nach oben.

»Wie lief es mit der Frau Doktor?«, frage ich, als ich Elias' Zimmer betrete.

Er liegt wie ein gestrandeter Seehund unter der Bettdecke und zuckt mit den Schultern.

»Und was bedeutet das?«

»Ich darf wieder in mein altes Zimmer.«

»Du darfst nach Hause? Fett!« Sein Haus ist schon mal einen Schritt näher an meinem Haus.

»Nein, zurück in mein altes Zimmer. Hier im Krankenhaus.« Elias greift nach seinem Handy und öffnet schon wieder die *Line-Rider*-App.

Ich plumpse in den Besucherstuhl. »Das ist doch toll!«

»Ja, irgendwie schon.«

»Mann, mach mal eine klare Ansage! Ist das nun gut oder schlecht?«

Er sieht mich verärgert an. »Die Ärzte finden es gut. Aber ich nicht! Ich habe keine Lust auf eine weitere Lungenentzündung oder irgendetwas anderes. Ich will nicht mehr krank werden.«

»Dann bleibst du also bis in alle Ewigkeit in diesem Bett liegen?« Für mich war ein Bett einfach nur ein Schlafplatz. Die restliche Zeit wollte ich Abenteuer erleben oder war wenigstens auf der Suche nach etwas Spannendem. Davon fehlt bei Elias jedoch jede Spur. Er verschränkt nur die Arme vor der Brust und starrt vor sich hin.

»Hör mal, wenn du in dein altes Zimmer kannst, dann bedeutet das doch, dass es dir langsam besser geht«, mache ich ihm Mut. »Du willst doch wieder ins Leben zurück? Du hast mein Herz nicht umsonst bekommen. Wenn du immer in diesem Bett bleibst, hätten sie dir auch irgendein altes Herz einpflanzen können.«

»Das ist nicht fair.«

»Eine ganze Menge ist nicht fair.« Ich breite die Arme aus und zeige auf mich selbst. Das Blöde mit kranken Menschen ist, dass sie immerzu nur mit ihren eigenen Problemen beschäftigt sind. Als wären sie die einzigen auf der Welt. Als dürften andere keine Probleme haben.

»Das weiß ich doch.«

»Na dann. Mir musst du ja nicht glauben, aber wenn die Ärzte meinen, dass du so weit bist, dann wird es wohl so sein.«

Elias legt sein Handy zur Seite, sieht mich aber immer noch nicht an. »Ja.«

»Ich verstehe ja, dass dir das nicht ganz geheuer ist. Aber du willst doch endlich raus aus dieser elenden Pillendose? Also ich würde nichts lieber wollen als das.« Und je eher wir beide nach draußen können, desto besser, denke ich noch. Doch mehr Zeit kriege ich nicht, denn seine Eltern kommen schon wieder herein, gefolgt von der Psychologin und dem anderen Arzt.

»Schatz, geht es?«, fragt seine Ma.

Mit so einer Mutter wird das wohl nie was mit dem Selbstvertrauen.

»Nein«, sagt Elias, der wahrscheinlich nicht schon wieder die Schultern zucken will.

»Sehen Sie, ist noch zu früh«, sagt sie. »Er muss das alles erst einmal verkraften.«

»Ich verstehe ja, dass Sie besorgt sind«, antwortet der Arzt, »aber die Untersuchungsergebnisse sind wie erwartet hervorragend. Es wird dir guttun, Elias. In einer etwas normaleren Umgebung erholt man sich besser.«

»Also, ich weiß nicht …« Seine Mutter schüttelt den Kopf. Der Vater steht hinter ihr und schweigt.

»Du hörst zu viel auf deine Mutter«, sage ich zu Elias.

Die Erwachsenen diskutieren weiter. Mir ist klar, dass er mir nicht laut antworten kann. »Komm schon, du willst doch gesund werden oder? Ich helfe dir. Mein Herz ist top, ich hatte nie Ärger damit. Ich werde hier noch wahnsinnig, Elias. Tu es für mich. Und für dich selbst. Wenn du noch länger hier liegst, wirst du unsichtbar.«

»Okay, ich mach's«, sagt er laut.

Seine Mutter hört auf zu reden und sieht ihn erstaunt an.

Der Arzt lächelt. »Was sagst du, Elias?«

»Ich mach's.«

»Sehr gut. Dann bereiten wir alles vor.«

Elias

Mein altes Zimmer liegt ein Stockwerk höher. Zum Glück ist es ein Einzelzimmer. Mit anderen Kindern in einem Zimmer habe ich die ganze Zeit nur an all die Krankheiten in dem kleinen Raum gedacht.

Dr. Pilas hat mir erlaubt, ein kleines Stück über den Flur zu gehen, und so bewegen wir uns wie ein kleiner Umzug durch das Krankenhaus. Mama schiebt den leeren Rollstuhl, neben ihr geht Papa, Boyd rennt voraus und hinter uns ist Schwester Suzanne.

Ich wische mir die schwitzigen Hände an meiner Jogginghose ab. Im Flur ist es zwar ruhig, aber ab und an müssen wir doch einigen Leuten ausweichen. Ich stelle mir die Bakterienwolken vor, die sie umgeben, besonders bei den Patienten, denn die sind ja schließlich alle krank. Wahrscheinlich haben sie auch etwas mit dem Herzen, genau wie ich, und das ist zwar nicht ansteckend, aber trotzdem schlimm. Wie viele Bakterien kann ein Mensch wohl mit sich herumtragen und wie viele verschiedene Krankmacher können auf mich überspringen, wenn ich hier entlanggehe? Tausende, vielleicht Millionen? Womöglich schwirren gerade ganz ungehemmt jede Menge Lungenentzündungsviren um mich herum.

»Alles in Ordnung, Elias?« Suzanne will nach meiner Hand greifen.

Da bemerke ich erst, dass ich die ganze Zeit krampfhaft den dicken Stoff meiner Jogginghose festhalte. Ich entspanne meine Finger. Mama wirft mir einen Blick zu, danach schaut sie Suzanne an.

»Geht es, mein Schatz?«, fragt sie, während sie mit einer Hand den Rollstuhl schiebt und mir mit der anderen über den Kopf streichelt. »Wenn dir das alles zu schnell geht, musst du es sagen. Das weißt du doch, oder?«

Suzanne räuspert sich leise. Neben uns läuft Boyd und schaut ungeniert durch offen stehende Türen in die Zimmer.

Ab und zu kann ich auch nicht anders, und bei Pucks altem Zimmer bleibe ich kurz stehen. Sie liegt hier nicht mehr, hat sie mir heute Morgen geschrieben, weil es ihr wieder besser geht. Man hat sie in ein anderes Zimmer verlegt, auf einem anderen Gang. Hoffentlich haben wir uns beide bald so weit erholt, dass wir uns wiedersehen können.

»Welche Zimmernummer?«, ruft Boyd und rennt weiter. »Ach Mann, du kannst mir ja nicht antworten. Nummer 15? Hier! Herzlich willkommen, der Herr!« Er streckt einladend den Arm aus.

»Schatz?« Mama wieder.

»Es geht schon«, sage ich, auch wenn meine Beine zittern.

Sie legt die Hand wieder auf den Griff des Rollstuhls. Suzanne tätschelt meine Schulter und lächelt.

Ich hatte vergessen, wie schön die Aussicht hier ist. Zirka zwanzig Meter vor meinem Fenster steht eine große uralte Eiche mit einer runden Bank um den Stamm. Mit hochgestelltem Kopfende kann ich vom Bett aus alle Menschen beobachten, die sich dort treffen. Ich denke mir dann immer Geschichten über sie aus und stelle mir vor, wie sie wohl zusammengehören und an welchen Krankheiten die Patienten leiden. Manche haben nur ein gebrochenes Bein, andere sind genauso krank wie ich und sind schon ewig hier.

Am Fußende meines Bettes hängt ein großer Luftballon in Form einer Sonnenblume. In der Zimmerecke steht ein Ergometer und über dem Bett hängt eine Girlande aus aufgeblasenen Chirurgenhandschuhen. Das war bestimmt Suzannes Idee. Ich nehme die Karte von meinem Bett, auf der all meine Klassenkameraden unterschrieben haben. Es tut gut, dass sie noch an mich denken, auch wenn ich schon eine ganze Weile nicht mehr zur Schule gehe. Julia wünscht mir gute Besserung und Ferry hofft, dass er mich bald in echt wiedersieht statt nur am Computerbildschirm.

»Was für ein Fest!« Boyd lässt sich auf den Stuhl neben dem Bett fallen und springt verdutzt wieder auf, als Mama sich fast auf ihn setzt.

Ich lege mich aufs Bett und schaue zu, wie Papa und Suzanne meine Kleider in den Schrank räumen.

»Du hast ja eigenes Personal«, sagt Boyd grinsend. »Für mich hat das noch nie jemand gemacht. Ich habe nur einen Tritt in den Arsch gekriegt, damit ich endlich mal aufräume.«

Ich lasse aus meinem Mund ein sehr leises »tssss« entwischen.

Dann kommt Dr. Pilas mit all seinen Apparaten ins Zimmer. »So, Elias, dein altes Zimmer. Schön, oder?«

Ich nicke. Flüchtig durchzucken mich Bilder, wie ich hier vor meiner Operation gelegen habe. Es schien damals, als würde jeden Tag mein imaginärer Sauerstoffhahn weiter zugedreht werden. Manchmal konnte ich meinen Puls gar nicht mehr fühlen.

Ich umfasse wieder mein Handgelenk und schaue auf die Uhr, die glücklicherweise immer noch an der Wand gegenüber hängt.

»Ich untersuche dich jetzt.« Dr. Pilas arbeitet seine Liste ab und notiert die Resultate. »Sehr gut. Gewöhne dich wieder gut in deinem Zimmer ein. Hier sind deine Medikamente. Heute Abend sehe ich wieder nach dir.« Er streckt mir zum Abschied die Hand entgegen – jetzt muss ich mit dem Zählen meiner Herzschläge wieder von vorn anfangen.

Boyd

Ich schlendere durchs Zimmer. Elias und sein Pa und seine Ma – was für ein mausetoter Haufen! Mit ihrer Angstschisserei stecken sie sich gegenseitig an. Auch wenn Elias nicht mehr in diesem weißen Pillendosenzimmer liegt, seine Tage hier verbringt er genauso wie dort auch – im Bett mit seinem Handy. Und nur seine Finger bewegen sich ab und zu über das Display. Würde mir jemand erzählen, dass ich auf dem Weg der Besserung wäre, ich würde auf jeden Fall die eine oder andere Runde drehen. Jeden Tag denke ich mir für ihn irgendetwas halbwegs Abgefahrenes aus, das wir tun könnten. Ein Stück Kuchen in der Cafeteria holen, eine Stunde im Innenhof sitzen, Leute beobachten am Eingang, Ball spielen im Fitnessraum, aber ich kriege nichts anderes zu hören als »nein« oder »vielleicht morgen«. Selbst wenn Suzanne ihn fragt, ob er irgendetwas unternehmen möchte, lehnt er es freundlich ab. Und neben ihm sitzt ununterbrochen seine Mutter und streichelt ihm den Kopf. Sie schlägt ihm nichts vor. Mich hätten meine Eltern ermutigt, Dinge auszuprobieren, immer ein Stückchen mehr oder besser, bis es klappt. Zu spät. Sie können mich ja nicht mehr ermutigen. Ich stelle mir vor, wie sie gemeinsam an meinem Grab stehen. Schnell vertreibe ich den Gedanken wieder.

Während der nächsten täglichen Untersuchung tuscheln Dr. Pilas und Suzanne miteinander. Elias verschickt Nachrichten wie ein Irrer, also schleiche ich den beiden hinterher auf den Flur und belausche sie.

Dr. Pilas blättert durch die Krankenakte. »Die Befunde sind gut.«

Suzanne nickt. »Er ist zu ängstlich.«

»Hm, das stimmt. Versuchen Sie, ihn zu beruhigen. Wenn das nicht klappt, planen wir ein paar extra Sitzungen mit der Psychologin ein.«

Es geht ihm also offensichtlich ganz ausgezeichnet. Ich beiße die Zähne zusammen.

»Es würde ihm guttun, kleine Ausflüge zu machen«, schlägt Suzanne vor. »Zum Gemeinschaftsraum vielleicht?«

»Gute Idee.« Dr. Pilas holt einen piependen Apparat aus seiner Brusttasche. »Kümmern Sie sich darum?«

Suzanne geht wieder ins Zimmer, der Arzt eilt davon und ich bleibe einfach stehen. Elias ist also einfach nur zu ängstlich. Ich würde am liebsten gegen irgendetwas treten. Es ist wirklich schlimm, was er hat, aber nichts ist so schlimm wie der Tod, oder? Durch die offene Tür sehe ich, dass seine Mutter sich zu ihm hinunterbeugt. Elias sieht mich und lächelt mir zu.

Ich betrete das Zimmer, lege die Hand auf die Bettkante und blicke ihn wütend an. Überrascht zuckt er zusammen.

»Du bist …«, beginne ich.

Er starrt mich an, wirft seinen Eltern einen flüchtigen Blick zu und starrt mich dann wieder an.

»Ach, vergiss es.« Mit großen Schritten stürme ich aus dem Zimmer.

Mittlerweile kenne ich jeden Gang in diesem Krankenhaus

in- und auswendig. Mit geballten Fäusten renne ich die Treppen runter, an der Cafeteria vorbei, direkt durch Menschen hindurch. Niemand sieht mich. Ich existiere nicht. Kurz vor der Drehtür nach draußen halte ich keuchend an. Die Tür dreht sich nonstop. Da draußen ist es hell, die Sonne, die frische Luft, nicht allzu viele Menschen. Ich spanne jeden Muskel an und rase dann blitzschnell Richtung Ausgang. Durch einen Mann hindurch, der gerade das Krankenhaus betritt, aber ich renne einfach weiter. Fast kann ich die Freiheit da draußen schon riechen, doch bevor ich die Tür erreiche, falle ich rückwärts um. Wieder nicht geschafft. Es hat keinen Sinn. Ich werde erst wieder Gras riechen, wenn Elias das auch tut. Ich sinke zu Boden. Ich will raus. Ich will einfach hier raus. Nur kurz, nach Hause gehen und meinen Opa und meine Eltern sehen. Ich kämpfe gegen die verfluchten Tränen an, auch wenn mir eh niemand zusieht. Es bleibt mir nichts anderes übrig, als Geduld zu haben und zu warten, bis Elias so weit ist.

Als ich wieder ins Zimmer komme, ist er allein. Die Glückwunschkarte liegt zugeklappt auf der Bettdecke.

»Was war das denn eben gerade?«

Ich ignoriere die Frage. »Wie geht's dir?«

»Geht so. Warum?«

Ich stelle mich vor ihn und beuge mich über die Bettkante. »Was bedeutet das eigentlich, wenn du ›geht so‹ sagst? Hast du Schmerzen? Fällst du um, wenn du aufrecht stehst?«

Er zieht die Augenbrauen hoch. »Du weißt doch mittlerweile, wie ich mich fühle. Ich verstehe dich nicht. Was soll die Frage?«

»Weil ich draußen deinen Arzt belauscht habe. Deine Werte sind gut. Suzanne meint, du bist nur zu ängstlich.«

»Das hat sie gesagt? Suzanne hat das gesagt?« Er muss schlucken.

»Und? Hat sie damit recht?«

Er ballt die Fäuste. »Woher soll ich das wissen? Ich fühle mich, wie ich mich eben fühle. Bist du deshalb so wütend?«

Ich verdrehe die Augen. »Ich verstehe dich einfach nicht! Du willst hier doch nicht ewig liegen? Wieso tust du nichts?«

»Das ist nicht fair.« Er richtet sich auf. »Ich tue doch mein Bestes, verdammt.«

»So und wann, bitteschön?« Ich deute auf den Hometrainer in der Ecke. »Da steht ein Fahrrad und du liegst im Bett.«

»Ich kann doch nicht den ganzen Tag radeln. Sei nicht so fies! Du weißt doch gar nicht, was ich alles mitgemacht habe.«

»Was du mitgemacht hast?« Ich drücke meine Fingernägel in die Handfläche, um mich zu beruhigen.

Elias' Augenbrauen sinken. »Ja, was ich mitgemacht habe. Als du noch dein normales Leben gehabt hast, da habe ich hier schon gelegen. Und jetzt willst du, dass ich sofort alles kann.«

»Das hab ich nicht gesagt. Ich will gar nicht, dass du alles kannst. Ich will nur, dass du es versuchst.«

Elias schweigt, Tränen quellen ihm aus den Augen.

»Jetzt heul nicht rum. Du bist doch keine Memme?«

Er wischt sich über die Wangen. »Du hast leicht reden.«

»Wieso …?«

»Du lebst nicht mehr!« Er sieht mich nicht an, als er das sagt.

»Oh, aber du schon, ja?« Rasend vor Wut verlasse ich das Zimmer.

Elias

Ich kann sie nicht aufhalten. Ich schlucke und schlucke, aber es hilft nichts. Tränen für eine Woche kullern mir übers Gesicht. Ich lasse es geschehen. Boyd sieht es ja nicht. Über die Hälfte eines menschlichen Körpers besteht aus Wasser, und anscheinend strömt das jetzt unaufhaltbar aus meinen Tränendrüsen heraus. Gleich schrumple ich zusammen wie eine Rosine. Aber es tut gut. Mein Atem geht stockend, ich muss keuchen, meine Brust schmerzt. Eine Weile bleibe ich still liegen und atme in den Bauch, bis der Weinkrampf allmählich abebbt.

Ich starre auf meine Arme. Hat Suzanne das echt gesagt? Sie ist doch immer ehrlich zu mir. Hat sie also recht? Hat Boyd recht? Bin ich wehleidig? Es ist doch logisch, dass ich nach so einer Operation nicht sofort wieder alles machen kann. Auch nicht nach ein paar Wochen. Aber wann dann? Morgen, übermorgen? In einer Woche, in einem Monat, in einem Jahr?

Letzte Woche hat mir der Arzt erlaubt, ein kleines Stück den Flur entlangzugehen, aber Mama meinte, ich sollte damit noch etwas warten.

Ich starre lange aus dem Fenster. Mein Atem wird ruhiger, mein Herz klopft nicht mehr so heftig. Die Tränen haben einen Schleier über meine Augen gelegt.

Draußen bei der Eiche sitzt eine Familie auf der Bank. Ein Vater, eine Mutter, ein Bruder und eine Schwester im Rollstuhl. Sie hat eine Decke über den Beinen, aber sie sitzt kerzengerade und lacht. Ihr Bruder wirft ihr einen Ball zu. Sie wirft ihn immer wieder gekonnt zurück, auch als er ein ganzes Stück von ihr entfernt steht.

Da will ich auch hin. Nach draußen. Ins Gras. Frische Luft einatmen, ohne gleich Angst zu haben, was da alles herumschwirrt. Lachen, Geschichten erzählen, zuhören. Und was will ich noch? Ich habe keinen blassen Schimmer. Es ist so lange her, dass ich Pläne geschmiedet habe. Was hat mir außer Klavierspielen früher noch Spaß gemacht? Ich sinke in mein Kissen zurück und starre die Decke an. Basteln. Museumsbesuche mit meinen Großeltern. Zeichnen, das konnte ich gut. Und Brettspiele, Schach und Dame.

Wäre alles normal verlaufen, hätte ich in ein paar Jahren wahrscheinlich am Konservatorium studiert und Jahre später vor einem großen Publikum gestanden. Aber ich weiß nicht, ob ich mich das jemals trauen werde. Denn es könnte ja wieder passieren, dass ich mitten in einem Klavierstück aufhören muss, weil meine Hände so stark zittern und ich meine Arme nicht mehr heben kann. Und alle schauen mich dann wieder atemlos an, weil ich das Stück so abrupt beendet habe. Oder hatte ich damals auch schon zu viel Angst?

Angst ist auch eine Krankheit. Eine Krankheit im Kopf, hat Dr. Lise einmal gesagt. Ich wackle mit den Zehen. Hin und her. Leben, das will ich. Ich schlage die Bettdecke zurück. Meine nackten Füße berühren das kalte Linoleum. Ich gehe zur Wand hinüber, nehme vorsichtig die Uhr vom Haken und lege sie in den Kleiderschrank. Dann hole ich mir ein kleines Handtuch und bedecke damit den Herzfrequenzmesser des Ergometers. Ich stelle den Sattel ein und trete langsam in die Pedale. Schon bald atme ich schneller. Mach schon, Elias. Halte durch. Du kannst es! Du lebst!

Boyd

Raue Schale, weicher Kern, das sagte Ma hin und wieder über mich. Meist meinte sie damit, ich sei störrisch wie ein Esel, aber sie mochte diesen Spruch lieber. Und ich weiß ja selbst, dass ich besser erst einmal nachdenken sollte, ehe ich etwas sage. Aber manchmal …

Ich trotte zu Elias' Zimmer zurück. »Okay, es tut mir leid. Ich weiß, …«, sage ich, als ich eintrete.

Für einen Moment bin ich sprachlos. Er trainiert. Elias trainiert. Seine dünnen Beine treten in gleichmäßigem Tempo in die Pedale. Der alte Mann auf dem Flur draußen radelt schneller, aber egal: Er tut es!

»Du fährst ja Fahrrad«, sage ich.

Elias hört auf zu strampeln und holt tief Luft. Er nimmt das Handtuch vom Display, wischt sich die Stirn ab und wirft einen Blick auf die Zahlen auf dem Display.

»Wie läuft's?«

Elias nickt. »Du hast recht. Ich will keine Memme sein.«

»Hey, so habe ich das nicht gemeint. Entschuldige. Raue Schale, weicher Kern, weißt du? Oder ein störrischer Esel eben.«

Er schaut mich erstaunt an.

»Schon gut.«

»Trotzdem hast du recht.« Er steigt ab. »Ich habe nachgedacht. Heute darfst du entscheiden, was wir tun.«

»Im Ernst?« Meine Gedanken ballern sofort in alle Richtungen. Zuerst nach Hause, zu Opa und meinen Eltern. Eine Runde Skaten oder mit Nero Gassi gehen. Eine kleine Angeltour oder in einen Escape Room.

Elias scheint Gedanken lesen zu können. »Natürlich irgendetwas Machbares.«

Ich grinse. »Ja, ja.«

»Innerhalb der Krankenhausmauern.«

»Keinen Rückzieher, ja?«

Er geht zum Schrank und holt ein Paar Sneakers heraus. Zum ersten Mal sehe ich ihn ohne diese alten Pantoffeln. Er wirkt fast wie ein richtiger Junge.

Ich starre aus dem Fenster und denke nach. Etwas Machbares. Innerhalb der Krankenhausmauern. Etwas, das ihm Spaß macht. Spaß bedeutet Besserung, und Besserung bedeutet irgendwann nach draußen dürfen. Und draußen bedeutet einen Schritt näher in Richtung Opa.

»Ich hab's.«

Er stellt sich vor mich. »Raus mit der Sprache.«

»Dieser Gemeinschaftsraum. Ist da was los?«

Mit einem Mal leuchten seine Augen. »Ja, ich glaube schon.«

Er hat noch keinen Schritt auf die Tür zu getan, schon steht seine Mutter mit zwei dampfenden Bechern im Zimmer.

»Du hast ja Schuhe an«, sagt sie mit einem Lächeln.

Elias sieht sie an, dann mich, dann wieder sie. »Ja, die stehen sonst nur herum.«

Seine Mutter stellt die Becher auf den Nachttisch und legt Elias eine Hand auf die Stirn. »Du schwitzt. Ist dir warm?«

»Ich bin Fahrrad gefahren.«

»Oh. Und wie ging das?«

Ungeduldig wippe ich von einem Bein aufs andere. »Du weißt hoffentlich, wie du sie loswirst.« Wir könnten längst Uno spielen.

»Das ging sehr gut, Mama«, sagt Elias. »Und jetzt wollte ich eigentlich in den Gemeinschaftsraum.« Er geht einen Schritt auf die Tür zu.

Seine Mutter nimmt die beiden Becher in die Hand. »Was für eine gute Idee! Da war ich ja schon ewig nicht mehr. Weißt du was, ich komme einfach mit.«

Ich schüttle heftig den Kopf. Elias grinst, als er das sieht. Das kann er also auch schon wieder, grinsen.

»Suzanne begleitet mich, wenn ich irgendwohin will, hat Dr. Pilas gesagt.«

»Oh«, sagt seine Mutter schon wieder.

»Dann kannst du dich auch mal ausruhen.«

Sie nickt. »Na gut, mein Schatz.«

Elias gibt ihr einen Kuss.

Er ruft Suzanne und dann gehen wir zum Gemeinschaftsraum. Elias bleibt dicht an der Wand und macht einen Bogen um andere Menschen. Das habe ich mir schon lang abgewöhnt – seit ich einfach durch sie hindurchlaufen kann, mache ich es mir nicht mehr so kompliziert.

Als Suzanne stehen bleibt, um etwas mit einer Kollegin zu besprechen, frage ich: »Sag mal, deine Mutter … du bist ja ganz schön unter ihrer Fuchtel. Du musst bestimmt den Finger heben, wenn du pinkeln musst?«

»Quatsch. Sie ist halt besorgt«, sagt Elias.

»Ja. Das verstehe ich doch. Und dein Pa?«

»Der auch.« Er bleibt stehen, um wieder zu Atem zu kommen.

»Panik?«

Er blickt mich an, dann an mir vorbei, als denke er darüber nach. »Nein.«

Der Gemeinschaftsraum stellt sich als eine Mischung aus Seniorenklub und Kinderhort heraus. In einer Ecke stehen Rollstühle. Ein paar Menschen sind untrennbar mit Ständern mit Beuteln voller Flüssigkeit verbunden. So eine Art Ladesäule, wie man sie von den Elektroautos kennt. In einer Ecke spielen drei Männer Karten. Ein paar Leute sitzen vor dem Fernseher und glotzen Tennis, und auf der anderen Seite des Raums steht ein großer Tisch mit Bastelkram. Da sitzt eine dicke ältere Frau. Als sie uns – also Elias – entdeckt, watschelt sie sofort auf uns zu.

»Hallo, Junge!« Breit lächelnd ergreift sie Elias' Hände. Netty steht auf ihrem Namensschild.

Elias lächelt auch. Als sie ihn loslässt, wischt er sich die Hände an der Hose ab.

»Wie geht es dir?«

»Ganz gut.«

Netty legt ihm die Hände auf die Schultern. »Gott, Junge, du musst der Person so dankbar sein, die dir das Herz gespendet hat.«

Er blickt mich kurz an. »Das bin ich auch.«

»Doch wie furchtbar für die Hinterbliebenen.«

Ich sage jetzt besser nichts.

»Aber deshalb bist du ja nicht hier. Willst du an deinem Projekt weiterarbeiten? Ich habe es für dich aufgehoben.«

»Dein Projekt?«, frage ich.

»Naja … äh, ich …«, stottert Elias.

Netty nimmt seinen Arm, nickt Suzanne freundlich zu und

schiebt einen Stuhl vom Basteltisch. Sie geht zu einem Schrank und holt einen großen, prall gefüllten Müllsack heraus. Äußerst vorsichtig stellt sie ihn vor Elias ab.

»Ein paar Dinge sind lose, aber das hast du im Nu repariert.«

Ich setze mich auf die Tischkante. »Sie macht es ja richtig spannend.«

Elias wird rot, als Netty den Sack öffnet. Vor ihm steht ein Kunstwerk aus Plastiklöffeln.

»Schön«, sage ich. »Was ist das? Warst du in deinem früheren Leben etwa Müllmann?«

»Architekt«, korrigiert er mich.

»Ja, Junge, das könntest du ohne Weiteres werden«, antwortet Netty an meiner Stelle. Elias läuft wieder rot an, weil er vergessen hat, dass sie mich weder sehen noch hören kann. Aber eins muss man ihm lassen, es ist schon ein tolles Ding. Hunderte weiße Löffelchen sind kreuz und quer aneinandergeklebt und laufen wie eine Art Tornadopyramide spitz zu. Eine Kombination aus Unwetter und Palast. Elias hat keine Augen mehr für mich. Er setzt eine Klebepistole an und macht sich mit militärischer Präzision ans Werk. Zum ersten Mal sehe ich ihn entspannt. Er achtet nicht auf Uhren, fummelt nicht an seinen Pulsadern herum und blickt nicht einmal auf, als ich einen blöden Scherz mache. Ein Stück weiter lege ich mich der Länge nach auf einen Tisch und starre durch die großen Fenster in den Himmel. Heute sind wir ein großes Stück weitergekommen.

Nach einer Weile steht einer der alten Kartenspieler vom Tisch auf und geht zu Elias hinüber. Ich setze mich auf und beobachte sie. Der Mann ist ungefähr so alt wie Opa. Elias nennt ihn Syb. Ich nenne meinen Opa immer Opa Rosso, weil er rote Haare in seinem Bart hat. Syb sitzt ein bisschen krumm neben Elias, während mein Opa für sein Alter noch immer ein richtiger Kraftprotz ist. Er konnte mich mit Leichtigkeit mit einem Arm hochheben. Das kommt durch seine Zeit beim Militär. Opas Unterarme sind voller Tattoos und in seine schwieligen Hände hätte man eine Reißzwecke pieken können. Wie gern würde ich jetzt mit ihm so zusammensitzen, wie Elias gerade mit Syb. Ich rücke etwas näher an die beiden heran.

Syb hält ein Handy in seiner zitternden Hand. Elias erklärt ihm, wie das Ding funktioniert. Das macht er mit viel Geduld, und wenn Syb es nicht kapiert, wiederholt er alles noch einmal. Ich denke an das Foto, das ich verloren habe, und an die E-Mails in meiner Mailbox. Dann beobachte ich Elias. Es macht ihm Spaß zu helfen, fällt mir auf. Vielleicht kann er ja auch mir helfen.

Elias

Im Gemeinschaftsraum habe ich bis jetzt nur schöne Dinge erlebt. Hier zu sein tut mir gut. Schade nur, dass Puck nicht da ist. Hoffentlich ist die Infektionsgefahr bald vorbei, damit wir uns treffen können. Während ich ganz gemächlich Plastiklöffel mittendurch knicke und auf mein Bauwerk klebe, höre ich mir Sybs Geschichten an.

Er hat eine dunkle Stimme, so als käme sie von ganz tief unten aus seinem Bauch. Und ein gutes Gedächtnis. Die Geschichten von früher kennt er alle noch. Ich hoffe, Boyd hat hier auch seinen Spaß. Während ich klebe und Syb redet, verlässt Boyd den Raum, kommt wieder, schaut aus dem Fenster, setzt sich hin.

»Erzählst du mir noch etwas von früher?«, frage ich.

Syb reicht mir einen Löffel. »Und was?«

»Etwas Lustiges.«

Er lehnt sich zurück und verschränkt die Arme. »Etwas Lustiges …« Er denkt kurz nach. »Weißt du noch, wer Dirk ist?«

»Ja«, sage ich.

Dirk ist seit der Grundschule Sybs bester Freund. Boyd scheint neugierig zu werden. Er setzt sich an unseren Tisch.

»Gut. Dirk und ich waren etwa neun Jahre alt, und wir langweilten uns. Mein Opa wohnte mitten im Dorf, an einem kleinen

Platz. Ich hatte ein paar Münzen in der Hosentasche, also klebten wir zwei Guldenstücke auf den Bürgersteig vor seinem Haus.«

In Sybs Augen erkenne ich, wie er seine Erinnerungen wachruft. Ich lege die Klebepistole zur Seite.

»Wir legten uns im Kohlenschuppen neben dem Haus auf die Lauer. Da gab es unten ein Loch. An dem saßen wir eine Stunde lang und freuten uns diebisch, wenn die Leute die Münzen aufheben wollten und feststellen mussten, dass sie festgeklebt waren. Es war fabelhaft, zuzuschauen, wie peinlich ihnen das war.«

»Gute Idee.« Boyd grinst. Ich nicke verstohlen.

»Und jetzt kommt das Beste.« Syb beugt sich vor und stützt sich auf die Ellbogen. Sein Atem riecht nach Kaffee.

»Der Bürgermeister kam vorbei. Ein würdevoller Mann mit dickem Bauch, in dem seine Hosenträger versanken. Er schaute sich um und als er glaubte, dass ihn niemand beobachtete, bückte er sich.«

»Und dann?«

Syb lacht schon, obwohl er die Geschichte noch nicht zu Ende erzählt hat. »Seine Hose platzte auf! Ratsch, die ganze Hose stand sperrangelweit offen. Und was meinst du?« Syb klopft mit dem Zeigefinger auf den Tisch.

»Keine Ahnung.«

»Er hatte Strapse an!« Er bricht in schallendes Gelächter aus und reibt sich mit der Faust den schmerzenden Bauch. Ich werfe Boyd einen Blick zu und lache laut.

»Die Woche drauf radelten wir an ihm vorbei und Dirk rief: ›Guten Tag, Frau Bürgermeister!‹«

»Das habt ihr euch getraut?«, lache ich mit. »Und dann?«

»Schnell weg natürlich. Mit dem Bauch konnte er uns sowieso nicht einholen.« Syb wischt sich die Tränen von den Wangen.

»Dirk war schon ein Prachtjunge. Schade, dass er nicht mehr da ist. Er war mein bester Freund.«

»Das tut mir leid«, sage ich, als seine Augen trübselig werden.

»Ach, macht nichts, Junge.« Er klopft mir auf die Schulter und reicht mir ein paar Löffel.

Ich kann hier stundenlang sitzen, basteln und Syb zuhören, aber Boyds Herumgeschlender macht mich nervös.

»Was ist los?«, flüstere ich, als Syb sich einen Kaffee holt.

»Du musst mir helfen. Kannst du das?«

»Jetzt?«

»Hängt von dir ab. Ich gehe schon mal ins Zimmer zurück. Komm einfach irgendwann nach.«

Eine halbe Stunde später bringt mich Suzanne zu meinem Zimmer. Papa und Mama sind unten in der Cafeteria. Boyd sitzt auf dem Bett. Er wackelt mit den Füßen. Neben ihm ist ein schmaler Platz frei. Eigentlich möchte ich mich hinlegen, aber es kommt mir komisch vor, meine Beine durch ihn hindurchzustecken. Ich sinke schief ins Kissen. Nach dem Spaziergang durch die Gänge klopft mein Herz wie verrückt.

»Hast du dein Handy bei dir?«, fragt Boyd.

»Natürlich. Hier. Warum?«

»Schaust du mal in meine Mailbox?«

Ich nehme mein Handy.

»Das Passwort ist HerbieHoppsala12«, sagt er.

Ich gebe das Passwort ein. Seine Mailbox öffnet sich in meinem Browser. Die letzte E-Mail hat er sich selbst geschickt.

»Mach sie auf.«

Ich klicke auf seinen Namen und die Mail poppt auf. Es steht nichts drin, aber es gibt einen Anhang: IMG1453. Ich öffne ihn.

Es ist ein eingescanntes altes Schwarzweißfoto. Aber es ist beschädigt, angekokelt. Die Ränder sind schwarz, kleine Stücke fehlen und es gibt schmutzige Flecken. In der Mitte des Bildes stehen zwei Soldaten. Der eine Mann streckt seinen Daumen in die Luft, der Mann daneben hat seinen muskulösen Arm um den Hals des anderen gelegt. Sie lachen, ihre Gesichter sind ein klein wenig unscharf.

»Wer ist das?« Ich halte mir das Handy direkt vor die Nase, als könne ich so besser durch die Brandflecken sehen.

Boyd deutet auf den muskulösen Mann. »Das ist mein Opa. Der andere ist sein Freund.«

Ich denke an meinen eigenen Opa mit seiner fahlen verschrumpelten Haut und der Glatze. Ich kann mir nicht vorstellen, dass er jemals so ausgesehen hat wie Boyds Opa.

»Sieht ganz schön stark aus, dein Opa.«

»Na klar.« Boyd lächelt. »Sie haben zusammen in Korea gekämpft. Auf diesem Foto war er gerade einmal 18 Jahre alt.«

»Wirklich?«

»Ja, krass oder? Besonders, wenn du all seine Nahtod-Geschichten kennst. Dagegen haben wir ein leichtes Leben. Hatten. Also ich, meine ich.«

Ich schaue auf das Display. »Und was ist mit dem Foto passiert?«

Boyd schaut weg. »Äh, das weiß ich nicht genau. Angebrannt, auf jeden Fall.«

»Wann ist das denn passiert?«, hake ich nach.

Er zieht die Schultern hoch. »Keine Ahnung. Ist doch auch egal.«

»Und was macht das Foto in deiner Mailbox?«

Boyd springt vom Bett und geht zum Fenster. »Heute kann

man so viel machen. Ich dachte, vielleicht kann jemand das Foto reparieren. Wieder unverbrannt machen.«

»Ja, das geht bestimmt.«

»Kannst du das?«, fragt Boyd.

»Ich? Ich kann doch keine Fotos reparieren.«

Er dreht sich um. »Nein, aber du findest bestimmt jemanden, der das kann. Oder hast du hier zu viel um die Ohren?«

Ich lächle. »Nein, ich finde jemanden. Und dann?«

»Dann muss es wieder zu meinem Opa zurück.«

Ich sehe erst das Foto an, dann Boyd. »Wie denn? Ich kann es ihm doch nicht einfach in die Hand drücken.«

»Naja, vielleicht anonym? Briefumschlag, Briefmarke, fertig ist die Kiste.«

»Aber … kriegt dein Opa dann nicht einen Riesenschrecken? Wenn er doch nicht weiß, von wem das Foto kommt.«

Boyd starrt mich mit funkelnden Augen an. »Mein Opa erschreckt sich nicht so leicht.«

»Diesmal vielleicht schon, bei einem Foto ohne Absender.«

Er starrt verärgert vor sich hin und rauft sich die Haare.

»Warum willst du ihm eigentlich unbedingt dieses Foto schicken?«

»Warum musst du eigentlich immer so viel fragen? Stell dich nicht so an.« Er tritt gegen das Bett, aber natürlich wackelt es nicht.

»Hey, wieso? Du kannst es mir doch einfach sagen?«

»Nein, das kann ich eben nicht. Himmel, dann lass es halt.«

Noch bevor ich etwas entgegnen kann, hat er das Zimmer verlassen. Komisches Gespräch. Warum ist Boyd nur so schnell beleidigt, wenn es um seinen Opa geht? Oder habe ich zu viele Fragen gestellt? Ich klicke das Foto weg.

Boyd

Erst am nächsten Morgen, als die Besuchszeit vorbei ist, gehe ich wieder in sein Zimmer.

Elias schluckt einen großen Haufen Pillen und spült sie mit zwei Gläsern Wasser runter.

»Hallo«, sage ich.

Er verschluckt sich und prustet, bis ihm das Wasser aus der Nase läuft. »Hallo«, antwortet er schließlich heiser.

»Wie geht's?«, frage ich.

»Ganz gut. Entschuldige wegen gestern. Ich mische mich nicht mehr ein. Und ich kümmere mich darum, dass dein Foto repariert wird. Aber meine Eltern dürfen nichts davon merken.«

»Super!« Ich setze mich neben ihn. »Aber du hattest irgendwie auch recht. Ist schon komisch, wenn er das Foto so mir nichts, dir nichts bekommt.«

»Da lassen wir uns etwas einfallen. Wir können einen Brief vom Fotografen beifügen. Wir schreiben einfach in seinem Namen, dass er den Auftrag schon vor längerem von dir bekommen hat, als du noch am Leben warst. Und dass er deine Todesanzeige in der Zeitung gelesen hat und das Foto deshalb nun an ihn schickt.«

»Gute Idee, Mann.«

Elias schreibt die Adresse fein säuberlich in sein Notizbuch und schlägt dann die Decke zurück. »Und heute darfst du dir wieder ausdenken, was wir unternehmen. Irgendetwas, worauf du Lust hast.«

Das braucht er mir nicht zwei Mal sagen. Ich weiß genau, was ich tun will. Ich springe auf und stelle mich ans Fenster.

»Und etwas, das möglich ist, natürlich.«

»Jaja. Etwas, das möglich ist, natürlich. Dann will ich da raus.« Ich deute auf die große Eiche vor dem Fenster.

Elias kratzt sich an der Wange, steht langsam auf und blickt an meinem Finger entlang zu der runden Bank. »Gut, dann machen wir das.«

Er fragt Suzanne, ob er nach draußen darf.

»Aber natürlich darfst du das«, sagt sie.

Und kurz darauf gehen wir zu dritt Richtung Aufzug. Ich fühle mich wie ein kleiner Welpe, der zum ersten Mal Gassi geht. Nur kann ich nicht mit dem Schwanz wedeln, sonst hätte ich es getan. Zum ersten Mal in diesen Wochen, die ich hier bin, macht es mir nichts aus, dass ich für alle unsichtbar bin. Ich bin tot, und damit basta. Ich habe nur ein Ziel, und das ist, endlich mal aus diesem Loch rauszukommen. Seit Elias Jeans, T-Shirt und eine Jacke trägt, ist massenweise Krankheit von ihm abgefallen. Ich renne vor ihm her.

Sobald wir die Drehtür erreichen, laufe ich triumphierend durch die Glasscheibe hindurch. Dieses Mal hindert mich kein Gummiband daran. Keine unsichtbare Wand hält mich auf. Elias kommt hinter mir her, er wischt sich die Hände an seiner Hose ab. Und dann sind wir draußen.

Zum ersten Mal seit Wochen. Mitten auf dem Weg bleibe ich stehen, strecke die Arme in die Höhe und atme ein paar Mal tief ein. Ich rieche Gras, Bäume, Abgase. Dann schreie ich laut. Nur so.

Elias schaut sich verschreckt um. Er schämt sich bestimmt für mich, aber wer soll mich schon hören?

»Das musst du auch mal machen. Schreien. Das ist herrlich.«

»Vielleicht ein anderes Mal«, flüstert er und geht zu der unbesetzten runden Bank hinüber.

Es ist ruhig. Elias setzt sich und lehnt den Kopf an den Stamm. Er schließt die Augen und lässt lächelnd die Beine baumeln.

»Schön, nicht wahr?«, sagt Suzanne. »Du warst schon lange nicht mehr draußen.«

»Stimmt.«

Sie unterhalten sich, während ich versuche, jeden Grashalm, jede Wolke, jedes Eichenblatt in mich aufzunehmen. Als Suzanne aufsteht, um mit einem Kollegen zu sprechen, setze ich mich neben Elias auf die Bank.

»Tut gut, oder?«

»Ja, das tut es tatsächlich«, gibt er zu.

Die Wolken ziehen über meinem Kopf hinweg. Da ich jetzt schon einige Zeit nicht mehr draußen gewesen bin, fühle ich mich wie im Paradies. Wir schweigen.

»Mein Opa …«, beginne ich dann doch.

Elias öffnet die Augen und sieht mich an.

»Bei dem Hausbrand hat er alles verloren.« Ich muss ein paar Mal kräftig schlucken, um den Kloß in meinem Hals loszuwerden.

»Oje«, sagt Elias.

»Er hat nicht nur sein Haus, sondern auch all seine Geschichten verloren. Alle Fotos und Dinge, die ihm lieb waren, sind verbrannt. Jetzt wohnt er schon einige Wochen in unserem Bauernhaus. In einem klitzekleinen Zimmer mit ausrangierten Möbeln. Und immer, wenn ich mit ihm gesprochen habe, konnte ich ihm dabei kaum in die Augen schauen.«

»Wie schrecklich.«

Ich nicke.

»Und deshalb willst du das Foto reparieren lassen. Du willst ihm seine Geschichten zurückgeben.«

»Ja, so ungefähr.« Mein Kopf wird heiß. Ich reibe mir über die Schläfen und huste. Als würde das helfen.

»Wie kam es zu dem Brand?«

Ich blicke ihn an, nur ganz kurz, aber sein Gesichtsausdruck ist neutral. Es ist nur eine Frage, nur eine ganz normale Frage, denke ich. Aber ich kann ihm nicht darauf antworten. Ich sehe mich selbst wieder da stehen, neben Opa und meinen Eltern. Vor unserer Nase wütet das Feuer im Haus und spiegelt sich in Opas Tränen.

»Entschuldige, ich muss nur kurz …«, sage ich mit einer Reibeisenstimme.

Und dann renne ich weg, so schnell ich kann. Ich fege die sich schlängelnde Auffahrt entlang, vorbei an dem großen Fahrradschuppen. Wie oft habe ich schon an dem Punkt gestanden, alles zu beichten? Aber ich Weichei habe mich nicht getraut. Jetzt ist es zu spät, jetzt kann ich Opa nie erklären, dass es nur ein Versehen gewesen ist. Aus der Ferne höre ich Elias rufen. »Boyd? Geh nicht weg! Geh nicht!«

Aber ich kann nicht stehen bleiben. Ich muss weiterrennen. Nur so kann ich den Brand vielleicht endlich aus dem Kopf bekommen: zurückrennen in die Vergangenheit und alles anders machen. Nämlich erstmal nachdenken, bevor ich irgendetwas anstelle. Ich renne über den Parkplatz, biege um die Ecke und auf die Straße. So weit bin ich noch nie von Elias weg gewesen. Der Wind pfeift mir um die Ohren.

Wie lange brauche ich, bis ich zu Hause bin? Es ist gar nicht weit von hier, nur ein paar Kilometer. Ich nehme noch mehr Tempo auf und dann, mit einem Mal, werde ich wieder brutal zurückgeschleudert und liege lang ausgestreckt auf dem Asphalt. Mit dem Gesicht zur Seite keuche ich und heule laut. Mich hört ja doch niemand.

So habe ich auch dagelegen, als ich gestorben bin, schießt es mir durch den Kopf.

Und dann taucht Elias auf meiner Netzhaut auf. Auf dem Boden, neben der Eichenbank. Eine Menschentraube steht um ihn herum. Suzanne kniet neben ihm, mit einem tragbaren Herzmonitor in den Händen. Elias blickt mit weit aufgerissenen Augen in den Himmel. Und er zittert ohne Ende. Was habe ich getan? Hatte ich vielleicht gedacht, ich könnte durch diese scheiß Gummiwand rennen? Was bin ich nur für ein Vollidiot! Ich stehe auf und mache mich auf den Weg. Zurück zum Krankenhaus.

Elias

Als ich aufwache, liege ich im Bett. Was ist passiert? Ich weiß noch, dass ich von der Bank gefallen bin. Ich schaue auf die uhrlose Wand. Mama ist neben mir, sie hält meine Hand. Papa sitzt auf dem Stuhl gegenüber.

»Soll ich den Arzt rufen?«, flüstert sie.

Mein Körper ist so schwer wie am Tag nach der Operation.

»Alles in Ordnung?« Wieder Mama.

»Ja«, sage ich, aber meine Stimme spielt nicht mit. Ich blicke mich um. Boyd sitzt wie ein begossener Pudel auf der Fensterbank. Er kaut an den Fingernägeln und weicht meinem Blick aus.

Dr. Pilas kommt herein. Er schiebt einen Klappstuhl ans Bett und setzt sich.

»Hallo Elias, alles klar?«

Ich zucke die Schultern.

»Da war ein kleiner Knick im Kabel. Aber mach dir keine Sorgen, das ist nur eine leichte Abstoßungsreaktion, das kommt manchmal vor. Ab jetzt musst du dich wieder etwas schonen.«

»Ist er deshalb hingefallen?«, fragt Mama.

»Das wissen wir nicht. Zum Glück war Suzanne da.«

Abstoßungsreaktion. Das Wort dröhnt durch meinen Kopf. Was hatte ich für eine Angst, mein Körper könnte etwas an dem

Herz auszusetzen haben, und jetzt ist es passiert. Die Ärzte haben mir vorher erklärt, dass es dazu kommen könnte, aber sie würden es in den Griff bekommen. Trotzdem klingt das Wort schrecklich.

Boyd springt von der Fensterbank und stellt sich neben mein Bett. »Abstoßungsreaktion? Was bedeutet das?«

Ich schüttele unmerklich den Kopf, während der Arzt allerlei Tests vornimmt.

»Es tut mir echt leid«, sagt Boyd. »Ich hab's nicht mehr ausgehalten, ich musste raus hier. Ich hätte dich nie im Stich lassen dürfen, ich bin ein Idiot. Entschuldige.«

Dr. Pilas schaut mich forschend an. »Elias, als du draußen im Park gefallen bist, haben einige Leute gehört, dass du nach jemandem gerufen hast.«

Mama ergreift wieder meine Hand. »Wer ist Boyd?«

Sofort strömt alles Blut in meine Wangen.

»Fuck«, ruft Boyd.

»Ich, äh …«

»Sag nichts«, sagt er.

»Ich weiß es nicht. Wieso?« Ich reibe mir die Augen, damit es so aussieht, als wäre ich hundemüde.

»Du hast ›Boyd‹ gerufen und geschrien, dass er nicht weggehen soll«, sagt Papa.

»Vielleicht war ich da ja schon halb ohnmächtig«, stammle ich.

Der Arzt nickt. »Das Wichtigste ist, dass es dir schon wieder besser geht.«

Mama öffnet den Mund und schließt ihn dann wieder.

Boyd pfeift. »Um ein Haar …«

»Und jetzt?«, fragt sie.

»Er braucht Ruhe. In den nächsten Tagen keine Ausflüge mehr, wir geben ihm zusätzliche Medikamente und führen Check-ups durch. Aber ich denke, sein Zustand bessert sich recht schnell.« Dr. Pilas steckt das Stethoskop in die Brusttasche und gibt mir die Hand.

»Vielen Dank«, sage ich.

»Wenn etwas ist, kannst du mich oder Dr. Lise jederzeit rufen lassen.«

Die Psychologin. Warum nicht? Boyd und ich müssen das nächste Mal einfach vorsichtiger sein. Aber bis zum nächsten Mal kann es sich noch hinziehen, denn vorläufig liege ich wieder im Bett.

Eine Woche vergeht. Mittlerweile kann ich mir gut vorstellen, wie Boyd sich fühlen muss.

Als hätte ich bei einem Wettrennen einen Fehlstart hingelegt und müsste jetzt ewig warten, bis ich wieder an der Reihe bin. Auch wenn sich Boyd bestimmt hundert Mal entschuldigt hat, lässt er sich kaum noch blicken. Ist er böse auf mich, weil ich hier wieder nur herumliege? Und sobald er in meinem Zimmer ist, ist er mit seinem Kopf ganz woanders. Wenn ich ihm etwas erzähle, hat er es gleich wieder vergessen. Woran denkt er nur? Was will er? Vielleicht weiß er es selbst nicht. Wenn ich tot wäre, wüsste ich bestimmt auch nicht allzu viel mit mir anzufangen.

Ich nehme mein Telefon und öffne wieder das Foto in Boyds E-Mail-Account. Das schwarzweiße Gesicht seines Opas starrt mich an. Er und Boyd haben die gleiche ausgeprägte Nase und wilden Locken. Als ich die Datei anklicke, bemerke ich erst, dass Boyd auch die Rückseite des Fotos eingescannt hat.

Sjef Stoker und Abe Broekman, KL *Juni 1953,*
Hongseong Korea.

Was bedeutet KL? Ich google die beiden Buchstaben und stoße auf eine Liste mit Abkürzungen. *Königliche Landstreitkräfte*, denke ich. Spannend! Ich lösche die beiden Buchstaben im Suchbalken, gebe *Abe Broekman* ein und drücke auf Enter. Es gibt einige Links unter seinem Namen und eine Menge Fotos von jungen und alten Menschen, die auch so heißen. Ich scrolle durch die Liste. Eine Schiedamer Zeitung hat vor einiger Zeit einen Artikel über den Hausbrand veröffentlicht. Ich zögere, klicke aber den Link dann doch an.

Haus am Schieweg in Schutt und Asche, lautet die Schlagzeile, darunter das Foto eines rußgeschwärzten Hauses. Alle Fenster sind geborsten, die Haustür ist weg und auf der Straße haben sich schwarze Pfützen gebildet. Ich überfliege den Artikel. Ein Herr A. Broekman wird genannt und der Artikel endet mit dem Satz: *Die Polizei untersucht, ob es sich um Brandstiftung handelt.* Brandstiftung? Boyd hat sich so komisch benommen, als es um die Rußflecken auf dem Foto ging. Weiß er vielleicht doch mehr, als er vorgibt? War er deshalb beleidigt? Nein, oder? Er liebt seinen Opa. Bestimmt hat er nichts damit zu tun. Auf keinen Fall! Was aber hatte Boyd dann mit dem Foto zu schaffen, kurz bevor er verunglückt ist? Und warum ist er von der Eiche weggerannt? Ich verstehe gar nichts mehr und seufze tief. Vielleicht sollte ich ihm einfach vertrauen. Ich klicke den Zeitungsartikel weg und google nach Geschäften in der Nähe, die das Foto reparieren können.

Boyd

Da stand ich schon mit beiden Beinen im Freien und jetzt bin ich seit knapp einer Woche wieder in dem kleinen Krankenhauszimmer eingesperrt. Wegen der Abstoßungsreaktion wird Elias von den Ärzten noch häufiger untersucht und muss noch mehr Pillen schlucken. Das Schlimmste daran ist: Es ist meine eigene dumme Schuld. Ich hätte niemals wegrennen dürfen, damit habe ich alles verschlimmert.

Heute ist Elias, wie so oft, wieder in sein Handy versunken. Ab und zu schickt er einer gewissen Puck Nachrichten. Ich muss unbedingt dahinterkommen, wer das ist. Ansonsten daddelt er den ganzen Tag irgendwelche Games. Als ich noch am Leben war, habe ich mich immer gefragt, warum meine Klassenkameraden den ganzen Tag vor dem Bildschirm hocken. Draußen ist es doch viel schöner. Etwas unternehmen, anstatt sich an so einem Ding einen steifen Nacken zu holen.

Ich springe vom Stuhl. »Ich drehe mal eine Runde.«

Elias schaut auf. »Und wo gehst du hin?«

»Keine Ahnung. Kommst du mit?«

Er richtet sich ein wenig auf. »Das darf ich bestimmt bald wieder. Die Ergebnisse waren heute gut.«

»Schön, ich nehme dich beim Wort.«

Ich spaziere durch die Abteilung. In den letzten Wochen habe ich fast das gesamte Krankenhaus durchkämmt, aber nichts Besonderes entdeckt. Was würde Elias gefallen, wenn er sein Zimmer verlassen darf? Er mag Musik und Spiele. Und Basteln. Mehr weiß ich eigentlich nicht. Und ich nehme an, er weiß es selbst auch nicht. Ich biege in den Ostflügel des Krankenhauses ein. Dort gibt es eine neu eingerichtete Abteilung, in der ich noch nicht gewesen bin. Gestern sind aber viele Menschen dort ein- und ausgegangen, mit großen Kisten, die sie auf Rollwagen vor sich hergeschoben haben. Na, vielleicht kann man da ja etwas erleben. *Willkommen in unserem neuen Aktionszentrum*, steht auf einem Schild am Eingang. Es ist wirklich neu, draußen vor dem Fenster steht noch ein Baugerüst, es riecht nach Farbe und Linoleum. Eigentlich mag ich den Geruch nicht, aber wenigstens riecht es nicht nach Krankenhaus. Und so sieht es hier auch nicht aus. Es fühlt sich so an, als wäre ich echt in ein ganz anderes Gebäude spaziert. An der Wand gibt es große knallbunte Graffitis und auf dem Boden verlaufen keine Linien, die dich zu einer bestimmten Abteilung leiten. Ich werfe einen Blick in ein paar der Räume. Manche sind eindeutig für kleine Kinder bestimmt, voll mit knallbuntem Plastikspielzeug. In einem anderen Zimmer stehen Stühle im Kreis und ein Stückchen weiter gibt es ein paar Räume mit Musikinstrumenten. In dem einen Raum stehen drei Schlagzeuge. Im nächsten sehe ich Keyboards und im Nachbarzimmer stehen ein Klavier und ein Mikrofonständer. Das sieht doch nach was aus. Am Ende des Gangs ist ein Saal. Die Tür ist geöffnet, ich höre Musik. Neugierig sehe ich mich um. Auch in dem hellen Saal mit großen hohen Fenstern stehen die Stühle im Kreis. In ihrer Mitte sitzt ein Mann mit einer Gitarre. Vornübergebeugt und mit übereinandergeschlagenen Beinen stützt er die Gitarre auf dem Oberschenkel ab. Sein halblanges Haar fällt ihm ins Gesicht.

Eine Zeit lang summt er vor sich hin, als würde er sich gerade ein neues Lied ausdenken. Dann spielt er eine Melodie und beginnt, ein langsames Lied zu singen. Seine Stimme ist rau, mit so einem scharfen Unterton. Ich betrachte sein Gesicht, das halb von seinen Haaren verdeckt ist. Ich glaube, ich habe diesen Typ schon einmal bei einem Auftritt auf dem Festival im Stadtpark gesehen. Ich fand seine Musik damals schon super: Rockmusik, aber nicht übertrieben, schön anzuhören, besonders wenn man auf dem Rücken im Gras liegt und sich von der Sonne bescheinen lässt. Ein Zettel hängt am Fenster neben dem Eingang: *Neu! »Zukunftsmusik« – täglich von 9.00 bis 10.30 Uhr.* Darunter hängt eine mit lauter Fremdwörtern gespickte Mitteilung des Krankenhauses, die erklärt, dass Musik heilsam ist.

Ich setze mich auf einen Stuhl und lasse mich eine Weile von der Stimme des Mannes einfangen. Jetzt weiß ich, wohin ich mit Elias gehe.

Elias

Ich beuge und strecke meine Finger ein paar Mal. Zwei Stunden schon suche ich auf meinem Handy nach Boyds Opa. Wenn Boyd nicht hier ist, habe ich eh kaum Ablenkung. Und außerdem fühlt es sich wie eine Mission an. Wer war Abe früher? Wie ist er so stark geworden? Wird man so geboren oder kann ich auch einmal so stark sein? Was hat er in diesem Krieg getan? Hat er gekämpft, Menschen getötet, Freunde verloren oder gefunden? Ziemlich schnell verschwindet der Hausbrand vom Display, und dann bin ich mitten im Koreakrieg, mit Musik und Bildern aus jener Zeit. Was, wenn ich damals schon auf der Welt gewesen wäre? Angenommen, ich hätte ein gesundes Herz und starke Muskeln? Was würde ich alles tun? Würde ich auch in den Krieg ziehen? Anderen Menschen helfen, weil ich selbst keine Hilfe bräuchte? Ich schaue aus dem Fenster. Boyd kommt herein.

»Meinst du, du darfst morgen schon dein Zimmer verlassen?«

Ich lege das Handy mit dem Display nach unten auf den Nachttisch und setze mich auf. »Ja, zum Glück. Sie haben es mir gerade gesagt.«

»Dann weiß ich, was wir machen werden.«

»Was denn?«

»Überraschung. Aber es wird dir gefallen, versprochen.«

»Wenn du meinst.« Zum Glück ist Boyd jetzt wieder mehr wie Boyd und will mit mir etwas unternehmen.

»Was hast du gerade gemacht?«, fragt er.

»Ach, nichts. Meinen Rekord gebrochen.« Ich deute auf mein Handy. Das ist eine so glaubwürdige Ausrede, dass Boyd sich darüber nicht wundert. Er ist sowieso voller Geschichten. Ich brauche zwischendurch nicht einmal etwas zu fragen oder zu sagen. Er erzählt von eigenartigen Menschen, die er gesehen hat, von einem schmuddeligen Keller unten im Krankenhaus und einem Medikamentenvorrat, aus dem sich eine Schwester heimlich bedient. Ich starre ihn eine Weile an. Boyd kann ab und zu ungeduldig sein, unausstehlich sogar, aber er hat viele spannende Geschichten und gute Ideen. Ich hätte ein schlechteres Herz bekommen können.

Abends, nach dem Besuch meiner Eltern und dem üblichen Check-up, mache ich den Fernseher früh aus. Suzanne hat mir gerade einen Brief gebracht. Absender ist der Fotograf, dem ich das angekokelte Foto gemailt habe. Ich öffne den Umschlag und hole das Foto heraus. Es ist gekonnt repariert, keine Spur mehr von den Schäden. Sogar Abes Gesicht, über dem ein schwarzer Kratzer verlief, ist wieder makellos. Hoffentlich freut Boyd sich darüber. Ich stecke das Foto zurück in den Umschlag und lege ihn in die Nachttischschublade, unter meine restliche Post. Aus den Augenwinkeln sehe ich, wie draußen die Lichter angehen. Spärlich beleuchten die Bodenspots entlang des Weges die Eiche, die dadurch etwas Magisches bekommt. Auf der Bank sitzt ein Mädchen, oder eigentlich schon eine Frau, mit ihren Eltern. Sie trägt einen Bademantel und lacht, während sie die Hand ihres Vaters festhält. Ich beobachte sie eine Weile und schlafe langsam ein.

Ich träume, dass ich draußen bin. Alles um mich herum ist grün. Es ist frisch, aber sonnig, wie im Frühling. Ich habe eine weite Hose und Sneakers an und renne durch einen Park. Ich kenne ihn. Der Julianapark. Er ist nur fünf Minuten vom Krankenhaus entfernt. Hier bin ich oft mit meinen Eltern spazieren gegangen, wenn ich zur Kontrolle ins Krankenhaus musste und uns die Wartezeit zu lang wurde. Alle winken und lachen mir zu, und ich winke und lache zurück. Manchmal taste ich mit der Hand nach meinem Herzen, aber alles ist gut. Ich brauche mir keine Sorgen zu machen. Im Park wird gerade der Eisstand für die Sommersaison aufgebaut. Kinder spielen Fußball und schießen den Ball in ein Tor aus zwei Jacken. Kurz spiele ich mit, dann renne ich weiter. Doch dann stehe ich plötzlich mitten in einer Rauchwolke, die mich mit sich reißt. Ich atme den Rauch ein, bis er mir aus den Augen, Ohren, der Nase und dem Mund wieder herauskommt. Dann nehme ich die Beine in die Hand und laufe immer schneller. Meine Füße berühren den Kieselweg kaum noch. Mit einem Mal stehe ich auf einem Skateboard. Schreiende Menschen kommen mir entgegen, aber mich hält nichts auf. Ich biege in eine Straße ein, in der schwarzes Wasser auf mich zuströmt. Mein Skateboard schießt mir unter den Füßen weg. Durch das schwarze Wasser watend komme ich wieder zu der Rauchwolke. In der Straße steht kein einziges Haus mehr, außer eines. Eines mit geborstenen Fenstern, aus denen rote Flammen wie Zungen nach draußen schlängeln. Vor mir steht ein Mann im Hemd, mit hängenden Schultern. Er dreht mir den Rücken zu. Seine rotblonden Locken sind rußbedeckt. Ich möchte mich vor ihn stellen, komme aber an seinem Rücken nicht vorbei. Vorsichtig lege ich ihm meine Hand auf die starke Schulter. Sein Unterarm ist stark behaart. Darunter erkenne ich ein Tattoo, zwei alte Holzschuhe. In seiner zitternden Hand hält der Mann eine Zigarette, die bis zum Filter abgebrannt ist.

»Entschuldige, Opa«, sage ich. »Es war ein Versehen.«

Der Mann bewegt nur kurz den Kopf. Mit der Faust wischt er sich das Gesicht ab, dann geht er. Eine Welle aus schwarzem Löschwasser überschwemmt mich. Mit pfeifendem Atem und rasendem Herzschlag wache ich auf.

Boyd

Hast du ein Gespenst gesehen?«

Elias liegt halb auf der Seite, das Gesicht ins Kissen gedrückt. Seine Lippe hängt so schief runter, dass ich sie fast zurückschieben will.

»Hey!«, rufe ich. »Heute unternehmen wir etwas. Es ist fast halb neun. Hopp hopp!«

Elias drückt sich die Hand auf die Stirn und richtet sich langsam auf. Als er endlich sitzt, sieht er mich schweigend an.

»Geht's dir nicht gut?«

Seine Augen sind geschwollen, er ist ganz bleich.

»Doch, doch. Nur schlecht geträumt. Ähm …«

Er schiebt die Beine aus dem Bett, geht zum Waschbecken und hält den Kopf unter den Wasserhahn.

»Na, dann hast du ja immerhin geschlafen.«

Elias zieht eine Jogginghose und Sneakers an, kämmt sein Haar und sieht mich im Spiegel an.

»Boyd, hat dein Opa ein Holzschuh-Tattoo am Unterarm?«

Überrascht betrachte ich sein Spiegelbild. »Woher weißt du das?«

Er trocknet sein Gesicht ab. »Äh, hab's auf dem Foto entdeckt. Aber ich konnte nicht genau erkennen, was es war.«

»Es sind niederländische Holzschuhe. Er hat es in Hongkong stechen lassen. Zusammen mit seinem Freund. So erinnerten sie sich daran, dass sie ruck, zuck wieder zu Hause im holländischen Lehm stehen würden. Und dass sie dann auf die ganzen Abenteuer ein Bier trinken und bald alles vergessen würden.« Ich sehe es vor mir, wie Opa diese Geschichte erzählt. Er kriegte es immer so hin, dass ich das Gefühl hatte, mit dabei gewesen zu sein.

Elias nickt. »Toll.«

»Ja. Kommst du jetzt mit, du Sunnyboy? Wir haben was Schönes vor.«

»Wir haben eineinhalb Stunden, bevor meine Eltern kommen«, sagt er.

»Weiß ich doch, die sind immer auf die Minute pünktlich. Los jetzt.«

Wir gehen durch die Krankenhausflure. Dass Suzanne immer mitkommen muss, ist lästig, aber sie lässt Elias wenigstens in Ruhe. Mir fällt auf, dass er immer noch an den Wänden entlanggeht aber das Geländer nur dann berührt, wenn es unbedingt sein muss. Er macht auch keinen großen Bogen mehr um Menschen. Das Ganze geht jetzt auch etwas flotter.

»Es ist auf der anderen Seite«, sage ich.

»So weit bin ich noch nie gekommen«, flüstert er.

Ich gehe schneller. »Heute schon.«

Zwei Minuten nach neun erreichen wir die neue Abteilung. Zwei Damen am Empfang nicken Elias freundlich zu. »Willst du zur *Zukunftsmusik*?«, fragt eine von ihnen.

»Äh, ja, will ich.« Elias zieht die Augenbrauen hoch. »Offensichtlich.«

»Es sind noch Plätze frei. Nur zu, am Ende des Gangs rechts.« Sie beugt sich ein wenig vor und zeigt Elias den Weg.

»Geh nur«, sagt Suzanne. »Ich melde dich an und komme dann nach.«

»Okay«, sagt Elias.

Ich springe um ihn herum. »Gute Idee, was?«

Seine Augen flackern mich nervös an. »Woher wusstest du das?«

»Was?«

»Das mit meiner Musik.« Er fummelt an der Kordel seiner Hose herum.

Ich bleibe stehen und sehe ihn an. »Ich weiß, dass du gern Musik hörst. Aber wieso *deine* Musik?«

»Ich habe früher Klavier gespielt. Und … ach, egal.«

»Was ist denn? Willst du etwa nicht? Ich dachte, es wäre genau richtig für dich.«

»Das ist es auch«, sagt er leise.

Jetzt verstehe ich gar nichts mehr. Findet er es hier nun gut oder schlecht? Elias bemerkt meine Verwirrung. Ich sehe bestimmt aus wie diese Rollmopshündchen, die immer so doof gucken.

Er räuspert sich. »Schon gut. Lass uns reingehen.«

Vor der Tür bleibt er kurz stehen, holt tief Luft und geht hinein. In der Mitte des Kreises steht derselbe Mann wie gestern, aber er ist diesmal nicht allein. Da sitzen Kinder unterschiedlichen Alters und einige erwachsene Helfer. Auf den Tischen an der Seite des Raums stehen ein paar Gitarren, Keyboards und Instrumente, die ich noch nie gesehen habe.

»Hallo! Setz dich doch, wir fangen gleich an«, sagt der Mann. »Ich bin Bram.«

»Ich bin Elias.«

»Hallo!«, sagt ein Mädchen aus dem Kreis. Sie hebt die Hand.

Elias blickt sie an und wird knallrot. Und mich trifft der Blitz. Was ist denn jetzt los?

»Wer ist das?«, flüstere ich, aber er kann mir natürlich nicht antworten.

Er geht auf sie zu und setzt sich neben sie auf den freien Stuhl. »Hallo Puck.«

Sie lächelt. »Wie geht's dir?«

»Gut«, sagt er. »Und dir? Du darfst also auch wieder raus.«

»Ja, seit gestern. Natürlich nichts überstürzen. Schön, dich zu sehen.«

Er wirft mir einen Blick zu. »Ja. Finde ich auch.«

Was geht hier vor? Ich bin mit einem Mal nervös. Elias zupft einen Hautfetzen vom Daumen. Ich betrachte Puck. Ist er in sie verliebt? Schickt er ihr deshalb die ganzen Nachrichten?

»Ich will nachher alles über sie erfahren«, sage ich ihm.

Elias nickt kurz.

»Gut«, sagt Bram. »Wie schön, dass ihr alle gekommen seid. Wie ihr wisst, starten wir heute mit diesem neuen Programm.«

Er verteilt ein paar Blätter. Im Kreis sitzen sieben Kinder, darunter Elias und Puck.

Die beiden sind die Ältesten, die anderen fünf kommen mir jünger vor. Ein Mädchen hat auch einen tragbaren Monitor. Ein Junge sitzt im Rollstuhl, die anderen Kinder sehen nur krank aus. Ich setze mich auf den Stuhl direkt gegenüber von Elias und Puck.

»Der Plan ist, dass wir gemeinsam Musik machen. Ich glaube nämlich an die heilende Kraft von Musik. Und ich muss es wissen, denn ich habe es selbst erlebt. Bevor wir anfangen, möchte ich euch erzählen, wie mir Musik das Leben gerettet hat.«

Bram erzählt von seiner Band. Na also, er ist der Typ vom Festival! Sie spielten auf großen Konzerten und wurden immer erfolgreicher, doch Bram wurde immer depressiver. Als er gar nichts mehr konnte oder wollte, beschloss er, seine eigene Musik zu schreiben, und das rettete ihn vor dem Abgrund. Da es ihm jetzt wieder besser geht, möchte er Jugendlichen helfen, die es ebenfalls schwer haben. Während er erzählt, schüttelt er sich ständig die Haare aus dem Gesicht, was irgendwie cool rüberkommt. Ich beobachte Puck und Elias. Sie sitzen da und haben beide die Hände im Schoß. Manchmal treffen sich ihre Blicke. Dann lächelt Puck Elias an. Und ich komme mir dann vor, als würde ich zwischen ihnen sitzen und nicht gegenüber.

»Macht einer von euch Musik?«, fragt Bram.

Elias blickt zu Boden.

Puck hebt die Hand. »Ich singe.«

Elias schaut sie erstaunt an, sagt aber nichts.

»Ah, das ist gut. Möchtest du uns etwas vorsingen?«, fragt Bram.

Puck wird rot, nickt aber. »Äh …«

»Soll ich dir ein Lied vorschlagen? Können wir dir helfen, sollen wir mitmachen? Oder hast du schon eine Idee?« Bram nickt ihr zu.

»Ja, ich habe eine Idee«, sagt sie.

Sie beginnt zu singen. Ein niederländisches Lied, ich glaube, ein recht altes. Ich kenne es nicht, aber Elias anscheinend schon. Mit großen Augen blickt er Puck an und schafft es gerade so, dass seine Kinnlade nicht bis zu den Knien sackt. Ihre Stimme ist sehr hell. Alle sitzen still und hören ihr zu. Irgendwann setzt Bram ein. Die Kombination seiner rauen und ihrer hellen Stimme macht mir Gänsehaut. Er nimmt seine Gitarre und fängt an zu spielen. Mir sagt diese Art Musik nicht viel, aber es ist toll. Puck lächelt, während sie singt, und stößt Elias an. Der schluckt und räuspert sich, dann singt er mit. Auch er hat eine gute Stimme. Ein bisschen hoch, fast wie ein Mädchen, aber doch schön. Es fühlt sich an, als würde heiße Lava durch meinen Körper strömen. Seit ich tot bin, habe ich mich nicht mehr so wohl gefühlt. Wie von selbst wippen meine Füße im Takt.

Elias

Ich wusste gar nicht, dass Puck so eine schöne Stimme hat. Während wir zusammen singen, kann ich es nicht lassen, ich muss sie die ganze Zeit anstarren. Es hat sich verborgen, unten in meinem Bauch, aber es ist immer noch da: dieses herrliche Kribbeln, wenn ich Musik mache. Was für eine gute Idee von Boyd. Ich schaue kurz zu ihm hinüber, aber er ist selbst wie gebannt. Mit offenem Mund sieht er mich an. Ich singe einfach weiter.

Als das Lied zu Ende ist, sind alle still. Bram beginnt zu klatschen, und dann klatschen wir alle, für uns selbst und für die anderen.

»Das war gut, Puck! Wunderschön gesungen«, sagt Bram.

»Danke.«

Er blickt in die Runde. »Kanntet ihr das Lied?«

Alle schütteln die Köpfe.

»Aber ich fand es schön«, sagt ein Mädchen.

»Hier, ich habe euch etwas mitgebracht.« Bram verteilt ein DIN-A4-Blatt mit dem Grundriss der neuen Abteilung. In einigen der Räume sind kleine Musiknoten eingezeichnet.

»Die Räume mit den Noten sind jeden Morgen für uns reserviert«, sagt er. »Es gibt dort für jeden etwas. Wir haben Gitarren,

Keyboards, Schlagzeuge, ein Klavier und wer will, kann auch singen.«

Bei dem Wort Klavier kribbelt es in meinem Bauch.

Bram stellt die Erwachsenen vor. »Das sind Joep, Victor, Lisette und Armando. Zusammen helfen wir euch mit den Instrumenten. Vielleicht können wir ja in ein paar Wochen schon gemeinsam ein Stück einstudieren.«

Bram blickt jeden im Kreis an. »Ihr dürft nun gern durch alle Räume spazieren und schauen, ob es ein Instrument gibt, das euch interessiert. Wir treffen uns hier in einer Viertelstunde wieder.«

Es klingt großartig, was Bram alles erzählt. Ich blicke zur Seite. Puck. Zwischen uns tanzen elektrisch geladene Teilchen. Wie damals, als ich sie zum ersten Mal gesehen habe. Existieren diese Teilchen nur bei mir, oder auch bei ihr?

»Du singst schön«, sage ich.

»Danke«, sagt sie. »Hast du die Operation gut überstanden?«

»Ja.«

Boyd starrt uns noch immer an. Ich bin knapp davor, ihr von ihm zu erzählen, aber vielleicht findet sie mich dann seltsam. Also halte ich lieber den Mund.

»Letzte Woche hatte ich eine Abstoßungsreaktion.«

»Ui.« Mit hochgezogenen Augenbrauen sieht sie mich an. »Wie schrecklich. Und jetzt?«

»Jetzt geht es wieder besser. Und wie geht's dir?«

»Auch besser. Wenn alles gut geht, darf ich in ein paar Wochen nach Hause.«

»Oh.« Wie schade, will ich eigentlich noch hinzufügen. »Schön für dich. Du siehst auch schon … viel besser aus.«

Sie streicht eine Haarsträhne hinters Ohr und lächelt. Ein paar

Kinder sitzen gemeinsam hinter dem Keyboard. Sie kichern, weil ihr Lied total schief klingt.

»Hast du mal ein Instrument gelernt?«, fragt Puck.

Ich balle die Faust. »Ich habe Klavier gespielt.«

»Echt? Großartig! Und warst du gut?«

Mein Blick wandert wie von selbst zu dem Raum hinüber, in dem ich vorhin das Klavier gesehen habe. »Ziemlich gut, ja. Als ich immer kränker wurde, konnte ich aber nicht mehr üben.«

»Wie schade. Willst du nicht jetzt kurz spielen?«

Will ich spielen? Nichts lieber als das. Aber ich traue mich nicht. Ich schaue mich um. Boyd ist vom Stuhl gesprungen und läuft zum Klavier hinüber.

»Ich wusste gar nicht, dass du das kannst«, sagt er. »Spiel doch mal ein Stück, ja? Ich bin gespannt. Na, mach schon.«

»Also gut.« Ich stehe auf und sage Suzanne, was ich vorhabe. Sie hält den Daumen hoch. Puck kommt hinter mir her.

Da steht es, allein, wie ein Kunstwerk in einem Museum: ein Steinway & Sons. Ich habe auf einem ähnlichen Flügel gespielt, als ich noch Unterricht bekam. Boyd setzt sich auf den Hocker und tut so, als wäre er ein berühmter Pianist. Er streckt seine Finger und setzt eine ernste Miene auf. Dann haut er in die Tasten, aber da passiert natürlich nichts. Als ich mich auf den Hocker setze, geht mein Bein halb durch ihn hindurch.

»Ich gehe ja schon«, sagt er.

Ich sehe die Tasten vor mir, perfekt schwarz und weiß. Sofort pocht mir das Herz bis zum Hals. Plötzlich werde ich in jene Zeit zurückgeschleudert, als ich auf dem Dorffest aufgetreten bin. Meine zitternden Hände, sogar die Ärmel meines extra neu angeschafften Hemds flattern. Das Publikum blickt mich an. Ich rieche den alten Samtvorhang im Gemeinschaftshaus. Die ersten falschen Noten schneiden mir durch den Kopf. Und dann kippe ich um. Ich kriege keine Luft, meine Muskeln sind verkrampft. Irgendwer im Saal kreischt, es ist meine Mutter. Eine warme Welle überschwemmt mich, ich höre nur noch die falschen Töne, wie Messer in meinen Ohren.

»Schaffst du es?« Puck legt ihre Hand sanft auf meine.

Ich schrecke auf. »Ja, geht gleich los.«

Elias, das war damals, denke ich. *Dein Herz hat dich im Stich gelassen. Das von Boyd aber tut es nicht.* Ich sehe ihn an, er sieht mich an, schweigend. *Du kannst nicht bis in alle Ewigkeit Angst haben.* Diesen Satz wiederhole ich, und noch einmal. Und dann, wie von selbst, berühren meine Finger die Tasten.

Zuerst klingt es stockend, doch es wird immer besser. Meine Finger haben sich alle Noten gemerkt. Die Musik füllt meinen Kopf, mein Herz geht auf. Es ist, als würde ich fliegen, einfach so, raus aus dem Krankenhaus und hinein in die Wolken. Nichts ist mehr von Bedeutung, nur der Rhythmus und die Töne, denen man vorsichtig Raum geben muss. Nicht zu hart, sondern fließend wie Honig. Und dann, im richtigen Moment, rhythmischer, härter, mit mehr Kraft, Zorn beinahe. Dann wieder sanft, leise und … eine kurze Stille. Ich traue mich, aufzuschauen. Puck sieht mich an. Boyd auch, er lächelt und verlässt den Raum, aber das macht nichts. In diesem Moment gibt es nur die Musik und mich. Ich kann es noch, auch wenn ich es lange verdrängt habe. Wie mir das gefehlt hat.

Boyd

Er ist gut. Warum hat er nie erwähnt, dass er Klavier spielen kann? Vielleicht war ihm das peinlich. Klavier spielen ist natürlich etwas anderes als Fußball oder Baseball oder so. Er spielt etwas, das ich nicht kenne, so was Klassisches. Mir egal, aber Elias wird immer lockerer, merke ich. Deshalb habe ich mich getraut, aus dem Zimmer zu gehen, auch wenn er mich dabei beobachtet hat.

Ich laufe durch den Flur Richtung Ausgang. Etwas in mir sagt, dass ich es diesmal schaffe. Ich gehe zu der Drehtür. Noch keine Spur von der Gummiwand. Zwischen allen Leuten spaziere ich hinaus. Es hat geklappt! Nichts hält mich auf. Zum ersten Mal geistere ich anscheinend nicht in Elias' Kopf herum. Na bitte!

Ich bin draußen. Gierig atme ich die frische Luft ein und breite die Arme aus. Schreien tue ich nicht, sonst hört er mich womöglich noch. Ich gehe noch einige Schritte weiter auf dem Weg, aber nichts hält mich auf. Soll ich losrennen? Bis nach Hause? Retten, was noch zu retten ist? Aber dann sehe ich Elias und seine Abstoßungsreaktion wieder vor mir und erinnere mich daran, was für ein Idiot ich gewesen bin. Ich sollte lieber in der Nähe bleiben. Die Bank um die Eiche ist leer. Ich lege mich lang ausgestreckt auf sie und falte die Hände unterm Kopf. Der Wind raschelt durch die Blätter. Die Sonne sticht ab und zu zwischen ihnen hindurch und wärmt mein Gesicht. Ich atme noch einmal tief ein und aus. Zum ersten Mal seit dem Unfall fühle ich mich wieder ganz wie ich selbst. Und das fühlt sich gut an. Das Rascheln der Blätter erinnert mich an die Ausflüge, wenn ich mit Opa und seinem Schafsboot durch den Polder fuhr. Der Wassergraben war so schmal, dass das Boot stets am Schilf entlangschrammte. Es ist nicht haargenau dasselbe Geräusch, aber ähnlich ist es schon. Zu zweit glitten wir durch das Wasser, *kutterdiekutt* nannte Opa das: ganz gemächlich. Ich lag auf dem Rücken zwischen den Sitzbänken, und Opa, mit einer Selbstgedrehten zwischen den Lippen, saß auf dem Plastikstuhl am Ruder. Wenn die Schafe auf seiner kleinen Insel uns bemerkten, liefen sie so nah ans Ufer, dass ab und zu eines ins Wasser fiel. Wir zogen sie gemeinsam wieder heraus. So ein Tier ist schwer wie Blei und stinkt nach Kacke, und wenn man sich danach die Hände reibt, sind sie durch die Wolle ganz fettig. Auch das ist jetzt vorbei. Nie mehr Schafe retten, nie mehr Boot fahren. Nie mehr auf meinem Stier reiten oder den Motorradführerschein machen. Nie mehr ein Mädchen küssen. Ich sehe mich wieder mit meinem Skateboard auf der Brücke. Alles wäre noch gut, hätte ich mich nicht für die Abkürzung entschieden. Aber ich hatte ja eine Wette mit mir selbst laufen. Ich sehe die vorbeirauschenden Autos unter mir und dann falle ich plötzlich wieder ungebremst auf die Autobahn.

Ich schüttle den Kopf und öffne die Augen. Diese Bilder will ich nicht mehr sehen. Nicht am allerersten Tag, an dem ich ganz allein draußen bin. Es gibt genug schöne Dinge, an die ich denken kann. Mit geschlossenen Augen lasse ich das Blätterrascheln in meinen Kopf strömen. Der erste Kuss mit Eva. Das war irre. Wir konnten es beide sofort, auch wenn wir es zum ersten Mal machten. Mein erster Kickflip mit dem Skateboard, nachdem ich bestimmt tausendmal runtergeflogen bin. Das erste Mal, dass ich meinen Hund Nero gesehen habe. Da war er noch ein Welpe, aber ich wusste sofort, das ist er, mein Hund. Alle Bilder fliegen superscharf vorbei, so klar wie in einem Spielfilm. Das erste Mal heimlich Bier trinken. Igitt, war das eklig. Das erste Mal, dass ich mit meinen Eltern im Rijksmuseum war, umgeben von all den großen Meistern. Das erste Mal Bungee-Jumping. Das erste Mal, dass … was? Was habe ich da gerade gedacht? Ich reiße die Augen auf, als mir klar wird, dass ich mich eben inmitten von Gemälden im Museum habe stehen sehen, mit großen Augen hochstarrend, den Kopf im Nacken. Obwohl das gar nichts für mich ist und ich auch nie im Rijksmuseum gewesen bin. Das ist nicht meine Erinnerung! Als ich mich aufsetze, zerrt etwas an mir. Das unsichtbare Gummiband zieht mich wieder hinein ins Krankenhaus. Hat Elias bemerkt, dass ich draußen bin? Für den Bruchteil einer Sekunde sehe ich ihn auf dem Klavierhocker sitzen. Er schaut sich verschreckt um. Jedenfalls liegt er nicht elend auf dem Boden, das ist ein Pluspunkt gegenüber dem letzten Mal. Ich springe von der Bank und renne hinein.

Elias sieht mich erleichtert an, als ich eintrete. Neben ihm steht einer der Ehrenamtlichen, Joep glaube ich. Puck sitzt neben ihm auf dem Hocker. Die Turteltauben.

»Ich gehe mal zur Toilette«, sagt er.

Suzanne will aufstehen.

»Ich schaffe das schon. Ist ja gleich um die Ecke.«

»In Ordnung.« Suzanne nickt.

Puck blickt ihm nach, dann spielt sie weiter.

Elias und ich gehen auf den Flur, bis wir außer Sicht sind. »Wo warst du?«

»Das rätst du nie. Draußen.«

»Draußen? Allein?«

»Scheint so, du warst ja hier bei deiner Liebsten.« Ich grinse.

Er läuft rot an. »Ich habe das gar nicht bemerkt.«

»Deshalb bin ich auch weggegangen. Ich wollte wissen, ob es mir gelingt.«

»Ich hab gespürt, dass du weiter weg warst als sonst. Das war schon komisch, aber ich hatte keine Angst.«

»Sehr gut.« Ich lehne mich an die Wand. »Bist du schon mal im Rijksmuseum gewesen?«

»Ja, warum fragst du?«

Ich schlucke. »Ach, nur so.«

»Und du? Das passt doch gar nicht zu dir.«

»Stimmt, Mann. Ich im Museum, das wäre schon sehr eigenartig.« Aber dass ich es eben gerade vor mir gesehen habe, ist noch eigenartiger. War das vielleicht Elias' Erinnerung? Aber wie soll das gehen? »Komm, wir gehen wieder zu deiner Liebsten«, sage ich schnell.

»Puck ist nicht meine Liebste …«

»Aber du stehst auf sie. Darauf würde ich eine Million setzen.«

»Was hast du denn noch von einer Million?«

Ich sehe ihn an. Seine Augen sind klarer, als ich sie bis jetzt gesehen habe. »Okay, eins zu null für dich.«

Elias

Mit dem Handy in der Hand hocke ich auf dem Stuhl am Fenster und starre nach draußen. Ich habe mich extra nicht mehr ins Bett gelegt. Es ist meine Angewohnheit, dass ich mich ins Bett lege, sobald ich in mein Zimmer komme. Aber heute bin ich zum ersten Mal seit langem nicht müde und zittrig. Ein guter Tag.

Morgen sind Puck und ich wieder bei der *Zukunftsmusik* verabredet. Wir durften uns aus Joeps Musiksammlung ein Lied aussuchen. Wir haben uns für eine alte Nummer entschieden, die Musik war damals viel schöner als heute.

Boyd kommt herein und lässt sich aufs Bett plumpsen.

»Ich habe noch Lust, irgendwas zu unternehmen.«

Ich lege mein Handy zur Seite. »Hast du heute denn nicht genug erlebt?«

»So wie du? Erzähl mal von Puck.«

»Puck?« Was soll ich sagen? Puck ist das Bitzeln in der Cola, die durch meinen Körper sprudelt.

»Vor ein paar Wochen ist sie auch operiert worden. Sie hat zwar kein neues Herz bekommen, aber irgendetwas mussten sie reparieren. Wir haben beide darauf gewartet, endlich an der Reihe zu sein, also waren wir oft zusammen.«

»Und …?«

»Und was?«

»Und du bist in sie verliebt.«

Schnell schaue ich aus dem Fenster. »Warum sagst du das?«

»Weil ich's gespürt habe. Als wir im Musikzimmer waren, spürte ich so ein Kribbeln. Ich glaube, das kam durch dich. Und Puck.«

»Echt?«

»Hast du schon mal ein Mädchen geküsst?«

Das hätte ich gern. Ich schüttelte den Kopf. »Und du?«

»Schon oft«, sagt Boyd. »Mit einem Mädchen war es aber ganz schön schmierig. Sie war wie eine Waschmaschine im Schleudergang.« Er macht eine obszöne Bewegung mit der Zunge.

»Igitt.« Die ganzen Bakterien, denke ich sofort. »Wie viele Mädchen hast du denn geküsst?«

»Sechs, vielleicht.«

»So viele?«, rufe ich.

In diesem Moment geht die Tür auf. Ich schlucke meine restlichen Worte schnell hinunter. Meine Eltern kommen herein, gefolgt von Dr. Pilas.

»Hallo Elias.« Er gibt mir seine Filmhand.

»Hallo«, sage ich.

»Alles klar? Ich habe gehört, dass du heute bei dem neuen Musikprogramm mitgemacht hast.« Dr. Pilas setzt sich neben mich auf den Stuhl.

»Er hat es uns erst heute Mittag erzählt«, sagt Mama. »Bald wird unser Sohn durch das Krankenhaus stromern, ohne dass wir davon wissen.« Sie stößt Papa mit dem Ellbogen an. Ein aufgesetztes Lächeln liegt auf ihren Lippen.

»Oops, deine Mutter ist beleidigt.« Boyd grinst.

»Das ist ein gutes Zeichen«, sagt Dr. Pilas. »Ich glaube, so langsam fühlst du dich immer sicherer.«

»Weil er sich jeden Tag besser fühlt?«, fragt Papa.

»Unter anderem. All deine Werte sind besser als erwartet. Vielleicht vertraust du ja deinem neuen Herz allmählich.«

Mein Blick schießt zu Boyd, der sich auf dem Bett herumfläzt. »Na logo. Einem so starken Herzen wie meinem kannst du ruhig vertrauen. Wer weiß, vielleicht wirst du mir jetzt auch immer ähnlicher.«

Ich muss lächeln. Es wäre doch herrlich, so unbeschwert zu sein, wie Boyd es einmal war.

»Elias, wie schätzt du das ein? Wie geht es voran?«, fragt Dr. Pilas.

Ich schrecke aus meinen Gedanken auf und scanne meinen Körper von Kopf bis Fuß. Keine Ahnung, wie man sich mit dem Herzen eines anderen im eigenen Körper fühlen soll.

»Gut, denke ich. Hoffe ich.«

»Jeder Fortschritt ist gut«, sagt Dr. Pilas.

Ich nicke und betrachte meine Socken.

»Wenn du so weitermachst, darfst du bald nach Hause. Dann musst du nur noch einmal die Woche zur Kontrolle kommen.«

Ein Betonblock fällt auf meinen Bauch. Nach Hause. Das bedeutet, dass ich zum ersten Mal seit Monaten wieder in meinem eigenen Bett schlafen werde. Dass ich nicht auf einen roten Knopf drücken kann, wenn es mir nicht gut geht. Dass ich mir selbst überlassen bin. Flüchtig blicke ich Boyd an. Der tanzt fast auf dem Tisch.

»Ist er denn wirklich schon so weit?«, fragt Papa.

»Sein Körper sagt ja. Es ist gut, so schnell wie möglich wieder ein normales Leben aufzubauen. Du wirst vorläufig keinen

Marathon laufen können, aber dein häusliches Umfeld wird dir guttun. Und du kannst dein altes normales Leben wieder aufnehmen.« Er legt mir die Hand auf die Schulter.

»Also gut«, sage ich leise. Nur was soll das sein, ein normales Leben? Bleibt Boyd an meiner Seite? Und sehe ich Puck dann manchmal noch?

»Meine Güte, du und deine Eltern seid wirklich Weltmeister darin, grimmig zu schauen, wenn es gute Neuigkeiten gibt«, ruft Boyd. »Gib dem Typen einen Orden! Du darfst nach Hause, Mann!«

Ich strecke die Hand aus. »Vielen Dank.«

»Gern geschehen, Junge. Ich sehe morgen früh wieder nach dir.«

Boyd

Endlich. Sobald wir beide wieder allein sind, lasse ich mich der Länge nach aufs Bett fallen. Keine Ahnung, wie es nun weitergeht und ob ich bis in alle Ewigkeit bei Elias bleibe, aber dass wir bald aus diesem miefigen Krankenhaus rauskommen, ist ein großer Pluspunkt.

»Ja.« Elias setzt sich neben mich und lehnt sich an sein Kissen. Er versucht, die Beine aufs Bett zu legen, aber die landen baumelnd an der Seite.

»Liege ich dir im Weg?«

Elias lächelt. »Ist das so offensichtlich?«

Ich setze mich ans Fußende und ziehe die Beine an. »Du darfst nach Hause, Mann. Was wir dann endlich alles machen können!«

»Alles?« Er will noch etwas hinzufügen, hält aber den Mund.

»Immer mit der Ruhe, natürlich!«, sage ich.

Er nickt. »Ich habe etwas für dich.« Er zieht die Nachttischschublade auf und holt einen Briefumschlag heraus. »Soll ich ihn aufmachen?«

»Klaro.«

Elias öffnet den Umschlag und zeigt mir das Foto von Opa und seinem Freund.

»Wow!«, rufe ich.

Es ist wirklich gut geworden, kein einziger Brandfleck ist mehr zu sehen. Selbst der Fleck an Opas Schulter, der vollkommen schwarz war, ist weg. Wenn jetzt noch irgendjemand meinen idiotischen Fehler ausbügeln und meinen Sturz von der Brücke ungeschehen machen könnte, wäre das schön. Tja.

»Super«, sage ich. »Danke.«

»Keine Ursache. Aber noch was anderes …« Elias hält kurz inne. Er wirft mir einen Blick zu und schaut danach wieder zum Foto. »Ich habe einen Zeitungsartikel über den Brand gelesen. Weißt du, was da genau passiert ist?«

»Wieso?«, frage ich schneller, als ich es will.

»Da stand etwas von Brandstiftung.«

»Keine Ahnung. Schon toll, wie die das mit dem Foto hingekriegt haben.«

»Ja, toll. Boyd … hast du etwas mit dem Brand zu tun?«

Er fragt es tatsächlich. Ich schlucke und balle die Fäuste. Ach, was macht das noch? Ob ich nun der Einzige bin, der weiß, was ich für ein Arsch bin, oder noch jemand anderes.

»Vielleicht.« Meine Stimme schwankt, ich huste. Seine Augen bleiben an meinen hängen.

»Ich bin halt ein Megaidiot. Es war ein Missgeschick. Das musst du mir glauben.«

»Natürlich glaube ich dir.«

Ich hole tief Luft. Auf dem Flur gehen fröhliche Menschen vorbei, die niemandem so einen schlimmen Fehler beichten müssen. Und dann fange ich an zu erzählen.

»Nach der Schule war ich oft bei meinem Opa. Meine Eltern arbeiten beide, und bei ihm war es sowieso viel lustiger. Er redete viel von früher, wir sahen fern oder machten eine Radtour. Opa rauchte immer Selbstgedrehte. Einmal war die Haustür abgeschlossen, deshalb ging ich hintenrum. Sein Päckchen Tabak lag auf dem Gartentisch. Ich hatte nichts zu tun, also dachte ich …« Elias sieht mich fragend an. »… also dachte ich, hey, dreh dir doch mal eine. Das ist gar nicht so leicht, weißt du. Aber ich habe mir eine angezündet, mich unter das Vordach des Schuppens gesetzt und ein wenig an meinem Skatebord herumgewerkelt, bis ich ein Geräusch hörte. Ich warf die Kippe schnell weg, packte mein Board und fuhr durch die Gasse weg. Opa würde bestimmt sofort riechen, dass ich heimlich geraucht hatte.«

»Und?«, fragt Elias.

»Und was?«

»Wie hat's geschmeckt?«

»Die Kippe? Keine Ahnung. Nicht so lecker. Aber darum geht es nicht. Irgendwann klingelte das Telefon. Opas Haus würde brennen. Erst da fiel mir ein, dass ich die Kippe nicht ausgemacht hatte. Und in dem Schuppen standen Opas Benzinkanister für das Boot.«

Elias runzelt die Stirn.

»Also eins plus eins ist zwei. Wegen dieser blöden Kippe hat Opa alles verloren. Hätte ich zur Abwechslung einmal nachgedacht, wäre das alles nicht passiert.«

»Aber es war ein Unfall«, sagt er.

»Das macht es nicht weniger schlimm.« Unglück hin oder her, ich hab das Haus, in dem er mit Oma gelebt hat, abgefackelt. Ich glaube, ich hätte nichts Schlimmeres tun können. »Später bemerkte ich, dass ich mein Känguru beim Schuppen vergessen hatte. Opa hat es bestimmt gefunden. Vielleicht wusste er die ganze Zeit, dass es meine Schuld war, aber ich habe mich nicht getraut, ihn zu fragen. Und jetzt gibt es nichts mehr zu fragen.«

»Känguru?«, fragt Elias.

»Ja, so ein schwarzer Hoodie … ein Kapuzenpullover, Mann!«

Er nickt.

Ich starre vor mich hin. Es ist das erste Mal, dass ich jemandem die ganze Geschichte erzähle. »Und was jetzt?«

»Wie, was jetzt?«

»Wie fühlt es sich an, das Herz eines Kriminellen zu haben?«

»Du bist alles Mögliche, aber kein Krimineller«, sagt Elias. »Du hast das doch nicht mit Absicht getan.«

Wieder starre ich vor mich hin. Jedes verdammte Mal, wenn ich die Augen schließe, sehe ich Opas Tränen vor mir. Seine geballten Fäuste an den ansonsten schlaff herunterhängenden Armen, während er totenstill vor seinem niedergebrannten Haus steht.

»So, jetzt weißt du's.« Und bevor Elias noch etwas sagen kann, verschwinde ich hinaus auf den Flur.

Elias

Mit einem Stapel DIN-A4-Papier unter dem Arm gehe ich hinüber zur Ostseite des Krankenhauses. Suzanne hat heute frei, deshalb begleitet mich eine andere Schwester. Ich kenne sie nicht so gut. Boyd schlendert hinter uns her, obwohl er sonst immer vor mir herläuft. Ich öffne die Tür zum Saal. Puck ist schon da. Kommt mir das nur so vor oder leuchten ihre Augen auf, als sie mich sieht?

»Hallo«, sagt sie.

»Hallo.« Ich setze mich zu ihr. »Hast du dir die Noten angeschaut?« Ich deute auf den Papierstapel auf meinem Schoß.

»Ja klar. Schönes Lied, oder?«

Als sie sich vorbeugt, berührt ihr Knie unbeabsichtigt mein Knie. Ein Funke fliegt durch mein Herz.

Boyd lächelt. »Ich glaube, ihr kriegt das auch ohne mich hin. Ich drehe draußen mal eine Runde, okay?«

Ich nicke vorsichtig. Der kleine Saal ist voller als beim letzten Mal, einige neue Kinder und ein Elternpaar. Bram stellt sich und die Ehrenamtlichen vor. Auch die Neuen dürfen sich ein Instrument aussuchen.

»Ich möchte heute mit euch ein paar niederländische Popsongs proben«, sagt Bram. »Diejenigen, die mitmachen wollen, bleiben hier. Die anderen gehen mit Joep, Victor, Armando oder Lisette mit.«

»Seid ihr bereit?«, fragt Joep.

»Na klar, du auch?« Puck lächelt mich an.

Wir gehen ins Klavierzimmer.

Ich stelle den Papierstapel auf den Notenständer. Puck setzt sich neben mich. Auch wenn wir uns nicht berühren, spüre ich doch die Wärme ihres Beins an meinem.

Ich lächle.

»Also gut, fangen wir an«, sagt Joep. Er hält die Notenblätter in der Hand.

Ich übe das Stück erst am Klavier, Puck singt ab und an leise mit. Wenn die Töne aus den Tasten springen, ist es, als würde ich meine Hände in ein warmes Wasserbad tauchen.

»Gut!«, sagt Joep. »Ich merke, du hast Erfahrung.«

Ich stelle mir vor, dass Boyds Opa auch Musik gehört hat, als er während des Kriegs mit seinen Kameraden im Zelt gelegen hat. Vielleicht hat er Hoffnung aus ihr geschöpft, für die Zukunft. Genau wie ich. Vielleicht.

Es geht mir noch nicht tadellos von der Hand, ab und zu mache ich einen Fehler, ab und zu singt Puck einen falschen Text, aber irgendwann tanzt unsere Musik. Wir singen das Lied gemeinsam. Unsere Stimmen passen gut zusammen. Zum ersten Mal ist es schön, dass mein Herz pocht. Ich fühle keine Notwendigkeit, seine Schläge zu zählen – und das war lange nicht mehr der Fall.

Plötzlich steht Bram hinter uns. »Das klingt gut. Oder, Joep? Die beiden sollten öfter etwas zusammen spielen.«

»Sie sind ein tolles Duo. Das ist mir gestern schon aufgefallen«, sagt Joep.

»Dankeschön.« Meine Hände ruhen auf den Tasten, ich setze mich schräg auf den Hocker, wodurch der Abstand zwischen Puck und mir mit einem Mal noch kleiner wird. Ich kriege einen Schreck, bleibe aber sitzen.

Pucks Wangen sind rot.

In diesem Moment schießt plötzlich ein Knoten durch meinen Magen. So stark, dass ich mich zusammenkrümme. Meine Bauchmuskeln verkrampfen sich, entspannen sich und dann wieder von vorn. Magensäure steigt auf. Ich schlucke sie herunter und packe Pucks Knie.

»Was hast du?«, fragt sie.

Bram und Joep hocken sich neben mich. Die Krankenschwester kommt angerannt.

Tränen schießen mir in die Augen, aber die Krämpfe werden weniger und hören ganz allmählich auf. Plötzlich sehe ich Boyd vor mir. Ich sehe ihn schärfer als in meinem letzten Traum, so als würde ich tatsächlich neben ihm stehen. Er liegt auf dem Bauch im Gras und schlägt mit den Fäusten auf den Boden ein. Es ist das erste Mal, dass ich ihn sehe und nicht nur er mich.

»Es geht schon wieder«, sage ich. Mein Atem holpert beim Sprechen. Mit aller Macht versuche ich, Boyd noch einmal vor mir zu sehen, aber er ist verschwunden.

Dann bemerke ich erst, dass meine Hand die ganze Zeit in Pucks Hand gelegen hat.

»Ja, es geht schon wieder.«

Boyd

Ich drehe draußen mal eine Runde, okay?«, frage ich Elias, als wir bei der *Zukunftsmusik* ankommen. Heute kommt er doch bestimmt auch ohne mich klar, Puck ist ja jetzt da. Er nickt.

Mühelos passiere ich die Drehtür und stehe draußen. Ich werfe den Kopf in den Nacken und atme die frische Luft ein. Ich weiß genau, wohin ich will, aber ob das klappt, ist eine andere Frage. Auf Zehenspitzen schleiche ich den Weg entlang, als würde Elias mich so nicht hören können, aber das ist natürlich Quatsch. Eine Zeit lang folge ich der Krankenhauszufahrt und biege dann in den schmalen Weg zum Skatepark ein. Ich male mir aus, welche Kumpels ich dort treffen könnte. Früher war ich jeden Tag dort. Ich laufe einfach weiter: Nirgends zerren unsichtbare Gummibänder an mir. In der Ferne kommt die Rampe in Sicht. Ab und zu sehe ich Skateboards durch die Luft flippen und kriege sofort Lust, mitzumachen. Durch die Bäume scheint die grelle Sonne voll auf die Halfpipe. Je näher ich komme, desto mehr kribbelt mein Bauch. Die Bahn ist voll. An den Rändern üben die kleineren Jungs und Mädchen. Zigarettenrauch kriecht mir in die Nase. Plötzlich fährt ein Junge direkt durch mich hindurch. Ich bleibe ganz ruhig stehen. Alle sind sie da. Meine ganzen Skaterjungs. Tony, Dennis, Joachim, Robin, Max und Moek. Zu sechst hängen sie bei unserer Bank ab, die Boards dagegengelehnt. Zwischen ihnen stehen Colaflaschen, Chipstüten und Knabbernüsse. Meine Lieblingssorte, ich habe immer eine Riesentüte mitgebracht, wenn es sie im Sonderangebot gab.

Am liebsten würde ich jetzt zu ihnen hinübergehen, einfach »Hi, Leute« sagen, allen einen Klaps auf die Schulter geben und die Nüsse in mich hineinstopfen. Stattdessen bleibe ich in einiger Entfernung stehen und schaue zu, mausetot wie ich nun einmal bin.

»Weißt du schon, ob du morgen mitkommen kannst?«, fragt Joachim Dennis.

»Es wird der Hammer. Ich hab schon Karten besorgt. Sag einfach, du schläfst bei mir«, sagt Max und schnappt sich die Chipstüte. Er trägt ein schwarzes Bändchen ums Handgelenk, das ich vorher noch nie gesehen habe. Wegen mir?

Moek nimmt ein paar Schlucke aus der Colaflasche. »Chris Cole kommt angeblich auch.«

»Das kannst du dir nicht entgehen lassen«, sagt Joachim lachend.

Ich setze mich ins Gras. Was habe ich eigentlich erwartet? Dass sie jeden Tag heulend in einer Ecke sitzen und über mich reden? Nicht mehr skaten, keine Pläne mehr schmieden? Irgendwie habe ich das wohl gehofft. Schwachsinn. Aber das hier . . als hätten sie mich längst vergessen. Als hätte ich nie existiert.

Während mein Kopf fast überläuft, schaue ich immer noch wie ein Schaf zu den anderen hinüber. Joachim redet pausenlos von diesem Wahnsinnsevent. Da will ich auch hin. Während ich meine Hände knete, wächst der Kloß in meinem Hals. Ich schlage mit den Fäusten auf meine Oberschenkel, aber nichts hilft. Die Tränen kommen und ich fange an zu schreien. *Warum*? Ich kann an nichts anderes denken. Warum sitze ich hier und bin unsichtbar? Warum hat mich ein dummer Fehler das Leben gekostet? Ich hätte noch so viele Dinge tun können. Könnte ich doch diese eine Sekunde aus meinem eigenen Film löschen. Diese Brücke ausradieren, diese ganze blöde Idee aus dem Kopf rupfen. Jetzt ist es zu spät, zu spät für alles. Vielleicht bleibe ich ja bis in alle Ewigkeit ein schlapper Aufguss von Elias. Grimmig wische ich mir die Tränen aus dem Gesicht. Es hilft nicht. Irgendwer hat den Deckel meiner Regentonne gelüftet und ich heule Tränen für ein ganzes Jahr. Auf dem Bauch liegend schlage ich mit den Fäusten auf den Boden ein. Ich schreie, so laut ich kann. Niemand hört mich. Niemand sieht mich. Das Leben geht einfach weiter, und niemand ist unersetzlich. Ein paar Minuten liege ich so da, bis das unsichtbare Gummiband wieder an mir zieht.

Elias

Mein Herz spielt verrückt, so wie früher manchmal, kurz nach der Operation. Ich lege meine zitternden Finger auf die Klaviertasten und versuche, ruhig und tief zu atmen. Was ist mit Boyd? Wieso konnte ich ihn eben sehen? Wo ist er? Er muss zurückkommen. Sonst habe ich gleich wieder irgendeine Abstoßungsreaktion.

»Alles okay?«, fragt Puck.

»Ja, es geht schon wieder.« Mein Atem beruhigt sich allmählich.

In diesem Moment betritt Boyd den Raum. Sein Gesicht ist rot und fleckig. Die Locken kleben ihm an den Wangen. Er sinkt an der Wand neben der Tür zusammen und legt den Kopf auf die Knie.

»Ich gehe zurück in mein Zimmer. Wir sehen uns bestimmt morgen«, sage ich zu Puck, die kurz aufsteht, sich dann aber doch wieder hinsetzt.

Joep reicht mir die Hand, doch ich stehe schon.

»Ist gut«, sagt Puck.

Ich versuche, möglichst schnell zu gehen, denn solange die Krankenschwester bei uns ist, kann ich nichts sagen. Boyd trottet wieder hinter uns her.

»Geht es? Wir werden wohl gleich noch ein paar Kontrollen durchführen müssen«, sagt die Schwester.

»Ja«, sage ich.

Wir kommen bei meinem Zimmer an.

»Ich lege mich kurz hin«, sage ich.

»Ja, mach das.« Sie klopft mir auf die Schulter und öffnet die Tür. Sobald sie weg ist, drehe ich mich um.

»Was ist los mit dir?«

Boyd fährt sich mit dem Arm übers Gesicht. »Nichts.«

»Ich hab dich noch nie so gesehen.«

Er seufzt schwer. »Es ist ein einziger Scheiß.«

»Wo warst du denn?«

»In meinem alten Skatepark.«

»So weit weg? Was ist passiert?«

»Alle meine Freunde waren da. Anscheinend vermissen sie mich gar nicht.« So wie er das sagt, wirkt er mit einem Mal drei Jahre jünger. *Frage ich mich eigentlich manchmal, wie es ihm geht?*, schießt es mir durch den Kopf. Wenn ich so darüber nachdenke, beschäftige ich mich ausschließlich mit meinem Herzen, während er sein ganzes Leben verloren hat.

»Entschuldige.«

Boyd sieht mich überrascht an. »Wofür denn?«

»Ach, einfach für alles. Dafür, wie es nun ist.«

»Dafür kannst du doch nichts. Das ist alles meine eigene verdammte Schuld.« Er schaut aus dem Fenster.

»Trotzdem.« Wir schweigen eine Weile. »Boyd?«, frage ich dann.

»Ja?«

»Du siehst mich doch, wenn du weit weg von mir bist?«

»Mhm.«

»Wie sieht das dann aus?«

»Wie ein Film mit schlechter WLAN-Verbindung. Es flackert die ganze Zeit.«

»Ich hab dich eben auch gesehen.«

»Echt? Und was hab ich da gemacht?«

»Du hast im Gras gelegen und geheult.«

»Shit. Echt?« Schnell schaut er wieder nach draußen.

»Das ist doch nicht schlimm. Du fühlst dich …« Ich halte schnell den Mund, als Papa und Mama ins Zimmer kommen.

»Wir sehen uns später«, sagt Boyd.

Und schon schlüpft er durch die Tür. Das geht mir auf die Nerven, ich hätte mich lieber noch ein wenig ernsthaft mit ihm unterhalten, jetzt da ich die Möglichkeit hatte. Wer weiß, vielleicht kann ich ihm helfen.

»Hallo, mein Schatz«, sagt Mama. »Wir sind früh dran. Wir haben gerade mit Dr. Pilas gesprochen.«

So ein Lächeln habe ich schon lange nicht mehr auf ihrem Gesicht gesehen. Ich setze mich an den Bettrand. Papa holt etwas aus seiner Tasche.

»Für dich.« Er gibt mir ein Geschenk.

»Dankeschön.« Ich reiße das Geschenkpapier auf.

Mama sieht mich lächelnd an.

»Wow.« Ein nagelneues Handy.

»Dann hast du demnächst etwas zu tun«, sagt Papa.

Sie blicken mich beide vielsagend an.

»Du darfst morgen nach Hause, Schatz. Etwas früher als erwartet. Dr. Pilas hat uns versichert, dass das in Ordnung geht. Wir müssen nur einmal die Woche ins Krankenhaus, aber du darfst wieder in deinem eigenen Bett schlafen.«

Ich starre in ihre strahlenden Gesichter. Nach Hause. Nach so vielen Monaten. Ich wusste, dass es so kommen würde, trotzdem bekomme ich einen Schreck. Wie soll das gehen? Ich habe nie in die Zukunft geschaut. Gehe ich dann wieder in meine Schule? Ich kann nicht mehr in meine alte Klasse zurück, ich habe viel zu viel verpasst. Dann muss ich von vorn anfangen, in der Orientierungsstufe, ein Jahr älter als die anderen. Gehöre ich dann noch dazu? Oder werden mich die neuen Kinder alle komisch finden? Ein Freak mit dem Herz eines anderen?

»Freust du dich nicht?« Mama legt mir die Hand auf die Stirn und streicht mir eine Haarsträhne hinters Ohr.

»Doch, doch. Ich muss mich nur an den Gedanken gewöhnen.«

»Das ganz bestimmt. Aber das schaffen wir drei schon«, sagt Papa.

Vier, denke ich und frage mich, wo Boyd steckt.

»Suzanne hat uns heute früh eine E-Mail geschickt. Sie wollen morgen ein Stündchen feiern, dass du nach Hause darfst.«

Wieder streicht Mama mir diese Haarsträhne hinters Ohr.

»Das ist lieb«, sage ich.

»Wenn du Lust hast, kannst du ja schon ein paar Sachen zusammenpacken. Papa und ich helfen dir gleich, aber erst müssen wir unten noch ein paar Dinge regeln. Schaffst du das?«

Ich stehe auf und schaue aus dem Fenster auf die Eichenbank. Bald gehöre ich wieder zu den ganz normalen Menschen.

»Ja, bis gleich.«

Als sie weg sind, schaue ich mich um. Es ist still, im Zimmer und auf dem Gang. Morgen liegt hier ein anderes Kind im Bett. Es fühlt sich ein bisschen so an wie neulich, als ich *Line Rider* zu Ende gespielt hatte. Ich war stolz, weil ich es geschafft hatte, aber auch traurig, weil das Spiel vorbei war und ich nichts mehr zu tun hatte. Was mache ich bloß mit all der Zeit, die ich nicht mehr fürs Kranksein aufwenden muss? Oben in meinem Kleiderschrank liegt noch immer die Wanduhr. Ihr lautes Ticken hallt gegen die Schrankwände. Ich nehme das Ding und starre es eine Weile an. Kurz scheint es mir, dass mein Herz im selben Takt schlägt. Soll ich sie klammheimlich mitnehmen und zu Hause aufhängen? Besser nicht. In meinem Nachttisch liegt eine Schachtel mit den Karten und Zeichnungen meiner Klassenkameraden, meinen Verwandten und von Puck. Pucks Karten sind klein, aber sie sind bis an die Ränder vollgeschrieben. Noch einmal lese ich die Geschichten über all das, was sie im Krankenhaus erlebt hat. Wie krank sie auch war, sie war immer witzig. Wie wird es mit uns weitergehen, wenn wir beide wieder zu Hause sind? Unter der Schachtel liegt der Umschlag mit Boyds repariertem Foto. Ich kneife die Augen zusammen und versuche, Bilder hervorzuzaubern: Wo steckt Boyd gerade und was treibt er? Aber hinter meinen Augen bleibt alles schwarz. Was würde er wollen?

»Musst du kacken oder guckst du immer so angestrengt?«, dringt es in mein Ohr.

Ich reiße die Augen auf. Boyd steht direkt vor meiner Nase. Sein Gesicht ist nicht mehr verheult und die Haare verstrubbelt.

»Äh, nein. Hallo.«

»Was machst du gerade?« Er blickt sich im Zimmer um. Ich stecke den Umschlag zwischen die anderen Karten.

»Aufräumen. Morgen darf ich … dürfen wir nach Hause.«

»Echt? Yes!«

»Meine Eltern haben es mir gerade gesagt. Aber erst gibt es noch eine Art Abschiedsfest.«

»Endlich erzählen deine Eltern mal was Nützliches.« Er grinst breit. »Na, dann pack mal schön, zack, zack.«

Boyd

Am nächsten Morgen trotte ich wie ein räudiger Hund zwischen Fenster und Tür hin und her. Elias sitzt auf dem Bett und fummelt an der Bettdecke herum.

»Es wird echt alles gut«, fange ich an, als Elias' Eltern und Suzanne ins Zimmer kommen.

»Guten Morgen, mein Schatz. Bist du bereit?«, fragt seine Mutter.

»Für mein Abschiedsfest?«, fragt er.

»Ja, und für Zuhause?«

Elias streckt die Brust heraus. »Ich hoffe es.«

Suzanne zieht den Vorhang etwas weiter auf. »Kommt, lasst uns gehen.«

Als Gruppe gehen wir die Gänge entlang. Elias bewegt sich ein wenig flinker als beim ersten Mal, als wir in den Gemeinschaftsraum gegangen sind. Er traut sich sogar, in der Mitte zu laufen, und braucht keine Pausen und keinen Rollstuhl mehr. Es ist erst fünf Wochen her, aber es kommt mir wie eine Ewigkeit vor. Wenn man tot ist, ist die Zeit zäh wie Sirup.

Als wir dort ankommen, kommt Bastel-Netty auf uns zu. Sie nimmt Elias am Arm und begleitet ihn hinein. Die Ecke des Raums ist mit Girlanden und Luftballons geschmückt und auf dem Tisch, inmitten von Konfetti, thront Elias' Kunstwerk aus Plastiklöffeln. Syb ist da, der ältere Freund von Elias, Puck, die Psychologin und ein paar Krankenschwestern, die ich nicht kenne.

»Das tun sie bestimmt nicht für jeden, der nach Hause darf«, sage ich.

Elias lächelt und geht zum Tisch hinüber.

»Setzen Sie sich doch«, sagt Netty zu Elias' Eltern. »Ich bringe gleich ein paar Erfrischungen.«

Sobald ich am Tisch angekommen bin, kribbelt es in meinem Bauch. Ist das mein eigenes Kribbeln oder das von Elias? Er wirft Puck einen kurzen Blick zu, und als ihr auffällt, dass neben ihr kein Stuhl mehr frei ist, lächelt sie.

Als ich sie zum ersten Mal gesehen habe, fand ich sie nicht unbedingt hübsch. Ich stehe eher auf große Mädchen mit blonden Haaren, die älter sind als ich. Puck ist klein und hat braune Locken. Sie hat eine Stupsnase und ihre Zähne sind für ihren Mund etwas zu groß. Und doch … ich sehe Elias kurz an und setze mich Puck gegenüber an den Tisch. Immer wenn ich ihr einen Blick zuwerfe, sprühen Funken durch meinen Körper.

»Wer will etwas trinken?« Netty hält ein Tablett mit Gläsern in den Händen.

Sie stellt es auf den Tisch, direkt durch meinen Arm hindurch. Ich stehe auf.

Alle nehmen sich Limonade und Kuchen. Dann steht Suzanne auf.

»Lieber Elias«, sagt sie. »Wir dachten, es ist schon ein kleines Fest wert, dass du nach Hause darfst. Auch wenn du uns natürlich schrecklich fehlen wirst. Ich hoffe, dass es dir in Zukunft gut geht und du nicht allzu oft hierher zurückkommen musst.«

Als sie weiterreden will, platzt Dr. Pilas ins Zimmer. Er setzt sich auf die Fensterbank. »Entschuldigen Sie. Rede ruhig weiter, Suzanne.«

Sie nickt und wendet sich wieder an Elias. »Zum Glück kann man heutzutage sehr gut mit einem Spenderherz leben. Und wie schlimm es auch für denjenigen oder diejenige ist, der nicht mehr unter uns ist, sind wir ihm oder ihr doch dankbar dafür, was er oder sie dir gegeben hat.«

Ich lasse den Kopf hängen. Am Tisch sitzen Menschen, die Elias lieben. Ein Tisch mit einem Vater, einer Mutter und einer zukünftigen Freundin. Und ich? Ich stehe als unsichtbarer Trottel, der nicht einmal mehr Kuchen essen kann, hinter ihm. Wäre ich nicht tot, könnte ich jetzt vielleicht mit meinem Opa am Ufer sitzen, die Angel in der Hand, ein Kästchen mit Würmern neben mir, Nero zu meinen Füßen und sonst nichts.

Ich beiße die Zähne zusammen. *Es geht hier gerade nicht um dich, Boyd Broekman.* Elias wischt sich verstohlen ein paar Tränen von den Wangen. Am Ende der Rede applaudieren alle.

»Ich dreh mal eine Runde, bin gleich wieder da«, sage ich zu ihm.

Er nickt kurz.

Wieder gelange ich mühelos nach draußen, ohne Gummiwand, und setze mich auf die Eichenbank. Wieder schönstes Wetter, wieder sticht die Sonne durch die Blätter hindurch. Wir werden sehen, wie es nun weitergeht. *Alles wird gut*, rede ich mir ein. Dennoch wäre es verdammt praktisch gewesen, wenn ich so was wie einen Führerschein fürs Totsein gehabt hätte. Ich betrachte die dicke Baumrinde und versuche, mir ein paar schöne Bilder vor Augen zu holen. Frikadellen, eine erfolgreiche Skate-Competition, Opa. Es ist nicht leicht, aber es muss sein. Irgendwann stehe ich auf und gehe zurück ins Krankenhaus.

Als ich zurückkomme, ist Elias weg. Die anderen stehen um den Tisch herum und plaudern. Puck ist auch nicht da. Ich gehe die beiden suchen. Schließlich finde ich sie in einer Art Abstellkammer.

»Was treibt ihr denn hier?«

Elias bekommt einen Schreck.

»Was ist los?«, fragt Puck.

»Ach, nichts. Einen großen Karton also. Für das Teelöffelhaus.« Elias' Kopf ist rot wie Ketchup.

»Was ist das denn für ein Spruch?« Erst muss ich lachen, halte dann aber meine Klappe. Komisch, ich spüre plötzlich mein eigenes Herz schlagen. Ich lege meine Hand auf die Brust, aber das ist doch Quatsch, oder? »Was zum …«

Ich weiß nicht, ob ich weglaufen soll oder nicht. Wie ist das möglich?

Mit großen Augen glotzt Elias mich an.

Puck kommt einen Schritt näher. »Fühlst du dich nicht gut?«

»Sag, *doch, sehr gut*«, sage ich.

»Doch, sehr gut«, stottert Elias.

Pucks Wangen röten sich jetzt auch, aber sie schaut ihn weiterhin an. »Du siehst auch viel besser aus als damals, als wir uns zum ersten Mal getroffen haben.«

»Sag, *du aber auch*«, sage ich.

Elias wischt seine Hand am Hosenbein ab. »Äh, du aber auch.«

Mein Herz klopft mir bis zum Hals und gleichzeitig weiß ich nicht, woher dieses Gefühl kommt.

»Danke.« Sie streicht sich eine Haarsträhne aus dem Gesicht.

Es fühlt sich an, als würde sie mit mir reden. Ich fahre mir durchs Haar. Das kann mir doch egal sein, oder? Ich kenne Puck nicht. Es waren andere, blondere und größere Mädchen, die mich früher in diesen Zustand versetzen konnten, wenn sie zu mir sagten, wie gut ich aussehe. Und Puck spricht nicht einmal über mich. Sie stehen sich ein bisschen dämlich gegenüber, in diesem Kabuff voller Kartons. Die Spannung hängt wie eine Glocke um sie herum. Beide sagen kein Wort. Das ertrage ich nicht, aber ich halte mich zurück. Von einem Fuß auf den anderen wippend, beiße ich die Zähne zusammen. Puck sieht Elias an, dann auf den Boden und wieder Elias. Es ist so ein Moment, in dem du auf dem Zehnmeterbrett stehst und dir nicht sicher bist, ob du auch springen willst. *Aber, Boyd, du springst doch immer*, schießt es mir durch den Kopf. Wieder spüre ich, wie mein Herz klopft. Noch schneller jetzt.

Hallo, das ist der Moment, denke ich. *Der Moment!* Wäre ich Elias, wüsste ich, was ich zu tun hätte. Ich betrachte Puck, ihre grasgrünen Augen und die schmalen Lippen. Ihre Haare glänzen, auch wenn sie ein krankes Herz hat wie Elias früher. Und selbst wenn ich hinter ihr stehe, sehe ich sie doch genauso aus der Nähe, wie Elias sie sieht. Als würde ich sie durch seine Augen betrachten. Ein lautes Pochen füllt meine Ohren. Ich werde es tun, ja, ich werde es tun. Der Drang, der durch meinen Körper tobt, ist nicht zu stoppen. Langsam beuge ich mich vor und schließe die Augen.

Elias

Ich beuge mich vor und schließe die Augen. *Was mache ich da, was mache ich da, was mache ich da*, denke ich.

Mein Herz flattert unter meinem T-Shirt. Aber ich kann nichts dagegen tun. Ich öffne die Augen wieder. Noch nie ist mein Gesicht so dicht an ihrem gewesen. Und nicht nur ich beuge mich nach vorn, sie tut es auch. Wie in Zeitlupe nähern sich unsere Gesichter. Kurz bevor sich unsere Lippen berühren, schließe ich die Augen. Ihre Haare kitzeln meine Wangen, ich höre sie leise atmen, ihre Fingerspitzen streifen mein T-Shirt, ich weiß, dass ich nun den Mund ein wenig öffnen muss, und dann passiert es: Wir küssen uns, und eine Millionen Funken fliegen um uns herum. Das wollte ich schon so lange tun, aber ich habe mich nicht getraut, es laut auszusprechen, aus Angst, dass es doch nicht dazu kommen würde, nicht mit ihr, und ich will, dass es immer so weitergeht. Meine Zunge befühlt ihre Zunge, die weich und warm ist, aber wir trauen uns beide nicht richtig. Mein ganzer Körper glüht, als würde man mir eine Energie-Infusion legen und die Kraft in großen Wellen in meine Adern pumpen. Ich atme schneller und dann wieder ruhiger. Mit der Hand auf ihrem Rücken bleibe ich sehr still stehen. Und dann, nach hundert Millionen Stunden, richten wir uns langsam wieder auf.

Puck kichert.

»Wow.« Mehr fällt mir nicht ein.

Sie schweigt auch. Nach einer Weile wird mir bewusst, dass wir nicht allein sind, dass Boyd hier irgendwo sein muss. Ich traue mich nicht, mich umzublicken. Er war Zeuge meines allerersten Kusses. Nein, er war kein Zeuge, er war dabei. Ich war derjenige, der Puck geküsst hat, aber ich wusste nicht genau, wie man das anstellt. Er hat mir auf die Sprünge geholfen. Und nicht, weil er dabei war, nein, weil er ich war. Ganz kurz war ich Boyd. Oder eine Art Mischung aus ihm und mir. Ich lehne mich mit dem Rücken an die Wand.

»Wie geht's?«, fragt Puck.

»Sehr gut.«

Sie holt tief Luft. »Ich habe mir so sehr gewünscht, dass wir uns einmal küssen.«

»Ich auch.« Und dann, kurzerhand, drehe ich mich um und lächle Boyd an, der uns mit großen Augen anstarrt.

Boyd

Was um Himmels willen ist da gerade geschehen? Ich habe sie echt geküsst, ich schwöre, das war ich. Ich blickte durch Elias' Augen und atmete durch seine Nase. Und dennoch stand ich die ganze Zeit in dem Kabuff hinter ihm. Echt bizarr. Fuck starrt Elias an. Langsam legt sich das Kribbeln in meinem Bauch. Ich bin völlig von der Rolle. Rückwärts verlasse ich die Abstellkammer und rase durch die Flure. Wie ein Idiot renne ich laut lachend durch das Krankenhaus. Warum ich lache, weiß ich nicht. Als ich mich ausgetobt habe, gehe ich zurück zu dem Fest. Elias steht am Tisch und schenkt sich gerade ein großes Glas Limonade ein.

»Hallo, Casanova«, sage ich.

Er dreht sich um. Mit rotem Kopf sagt er: »Komm mit.«

Wir gehen auf den Flur.

»Wegen gerade eben …«, beginnt er.

»… das war doch … wow, oder?«

Er seufzt schwer. »Ja, das war wow, ja.«

»Mann, was war das denn?!«

»Keine Ahnung! Es war seltsam, es war …«

»Eigentlich ganz schön.« Ich wackle mit den Augenbrauen.

Ein merkwürdiges Grinsen umspielt seinen Mund. »Ja.«

»Ich konnte einfach so in deinen Kopf gucken.« Ich springe auf und tigere durch den Flur.

Elias lehnt sich an ein kleines Wägelchen, das herumsteht. »Das wusste ich. Und deshalb wusste ich auch genau, was ich tun musste.«

»Ja, überlass sowas nur Boyd.«

Elias zappelt mit den Armen und Beinen, als hätte er gerade hart trainiert und muss sich die Energie aus seinen Muskeln schütteln. Er versucht, sein Lachen zu unterdrücken. »Das war schon komisch. Ich will sie nochmal küssen.«

»Kann ich verstehen. Wirst du. Wo ist sie eigentlich?«

»Auf der Toilette. Sie ist gleich wieder da. Ich wollte uns gerade Limo einschenken.«

»Dann mach das doch. Sei ein Gentleman.« Ich folge ihm zurück in den Gemeinschaftsraum.

Durch das, was gerade geschehen ist, habe ich noch immer das Gefühl zu schweben.

Die Gäste haben sich im Raum verteilt, und auch andere Besucher sitzen nun an Elias' Tisch. Er schenkt Limonade ein. Das Lächeln verschwindet nicht von seinem Gesicht.

»Eigentlich schade, dass du entlassen wirst, wegen Puck und so«, sage ich.

»In nächster Zeit komme ich ja zum Glück noch einmal pro Woche hierher.«

»Was sagst du, Junge?«, fragt Syb, der plötzlich neben uns steht.

Elias lässt beinahe ein Glas fallen. »Ach nichts, manchmal rede ich mit mir selbst.«

Syb hält seinen Kaffeebecher hoch und prostet ihm zu. »Ich auch. Ich hab gedacht, das machen nur ältere Menschen.«

Ich rieche den Kaffee, was mich an meinen Opa erinnert. Elias lächelt dämlich.

»Ich möchte mich bei dir für die schöne Zeit bedanken«, sagt Syb. »Es ist schön und gut, dass du uns verlässt, aber du wirst mir fehlen, mein Freund.«

Es sticht in meinem Bauch. Die Erinnerung an Opa und mich, wie wir in seinem Wohnzimmer Kaffee trinken, kommt hoch. Weg damit, nicht jetzt.

Elias wirft mir einen Blick zu, dann sieht er Syb wieder an. »Du mir auch.«

»Du hältst so einen alten Kerl wie mich noch ein bisschen jung.« Er legt seine große Hand auf Elias' Hand. Kurz spüre ich Opas Hand auf meiner. Ich blicke in die andere Richtung.

»Weiß du schon, wann du entlassen wirst?«, fragt Elias.

Syb trinkt seinen Kaffee aus und stellt den Becher auf den Tisch. »Wenn alles gut geht, in ein, zwei Wochen.«

»Super.« Elias sieht mich wieder an, dieses Mal länger.

Ich weiche seinem Blick aus und starre angestrengt aus dem Fenster.

»Hör mal, wenn du irgendwann Lust hast, eine Partie Karten mit mir zu spielen oder einen Spaziergang zu machen, bist du immer willkommen. Weißt du, ich wohne ganz in deiner Nähe.«

Ich balle die Fäuste, lasse sie wieder los und balle sie wieder. Jede Sekunde hier ist eine zu viel.

»Entschuldige«, sage ich und renne aus dem Raum, bevor Elias mir antworten kann.

Elias

Boyd blieb für den Rest des Fests verschwunden. Ich habe mich von jedem verabschiedet. Puck hat mich sogar heimlich auf den Mund geküsst, was Mama wahrscheinlich aber doch gesehen hat. Nun stehe ich in meinem Zimmer mit meinem Rucksack in der Hand. Meine Eltern wollen mich am Nachmittag nach dem abschließenden Gespräch mit Dr. Pilas abholen. Ich starre den Rucksack an. Wie ein Schleier ziehen alle Worte, die Suzanne gesagt hat, vorbei. Dass ich jetzt fit genug wäre. Dass die Aussicht auf Abstoßungsreaktionen nun äußerst gering sei. Aber ich kann doch jetzt nicht einfach nach Hause gehen? Boyd ist so betrübt, auch wenn er versucht, sich nichts anmerken zu lassen. Als Syb bei mir stand, war es in Boyds Augen genau zu erkennen. Eigentlich wollte ich mir den Besuch bei seinem Opa für später aufheben, wenn ich wieder ganz gesund bin und mutig genug. Schließlich habe ich Boyd alles zu verdanken. Mein Herz und damit mein Leben. Nun will ich ihm auch unbedingt etwas zurückgeben. Wie eine Statue stehe ich vor meinem Bett. Nach gefühlt einer Stunde nehme ich das Notizbuch aus meiner Tasche und blättere meine Aufzeichnungen durch. Irgendwo habe ich die Adresse aufgeschrieben. Ich gebe in Google Maps den Straßennamen ein und checke die Entfernung von hier bis zu dem

Haus, in dem Boyds Opa jetzt wohnt. Es sind nur 4,8 Kilometer. Ich suche heraus, welchen Bus ich nehmen muss. Gleich kommt einer, der dort hält. Zwei Minuten sind es zur Bushaltestelle. Und nochmal zwei Minuten von der Haltestelle bis zum Haus. Ich hole tief Luft. Schaffe ich das? Bringe ich den Mut auf? Ist mein Schülerticket eigentlich noch gültig? Ich hole es aus meinem Portemonnaie. Ja, zum Glück, noch ein halbes Jahr. Mein Herz pocht in meiner Brust. Ich muss es tun, denn wenn ich erst einmal zu Hause bin, habe ich keinen Moment mehr für mich allein. Dann kann ich mich nicht heimlich verdrücken, ohne dass Mama es merkt. Ich nehme alle unnötigen Sachen aus meinem Rucksack und stopfe eine Flasche Wasser, ein paar Kekse, einen Apfel, mein Notizbuch und den Briefumschlag mit dem Foto hinein. In zehn Minuten fährt ein Bus. Kann ich einfach so ausbüxen? Nein, natürlich nicht. Ich reiße eine Seite aus dem Notizbuch heraus und schreibe Suzanne ein paar Zeilen.

Bin zurück, bevor Papa und Mama mich abholen.
Bevor ich nach Hause gehe, muss ich noch etwas erledigen.
Ich bin vorsichtig,

Viele Grüße, Elias.

Zur Sicherheit füge ich noch meine Handynummer hinzu und kontrolliere, ob ich die Nummer des Krankenhauses auch gespeichert habe. Auf dem Flur bleibe ich stehen und betrachte meine Hände. Sie zittern. Ich muss das nicht machen. Ich könnte mich genauso gut ins Bett legen und warten, bis ich abgeholt werde. Ich klammere mich an das Geländer an der Wand und atme ein paar Mal tief ein und aus. *Du gehst jetzt nach Hause,*

Boyd, denke ich die ganze Zeit. *Dein Herz will es so.* Es geht bestimmt gut. Muss es einfach! Ich gehe durch die Drehtür und in Richtung Bushaltestelle an der großen Straße. Zum ersten Mal seit Ewigkeiten bin ich ohne Rollstuhl, Infusionen und andere Apparate draußen. Zum ersten Mal starrt mich auch niemand an. Ich bin plötzlich wieder ein ganz normaler Junge. Als ich die Haltestelle erreiche, setze ich mich sofort auf die Bank. Meine Beine fühlen sich an wie Gummi. Die Welt schwankt vor meinen Augen. Ich nehme einen Schluck Wasser. Soll ich umkehren?

»Was hast du vor?«

Mit einem Mal steht Boyd vor mir. Er stemmt die Arme in die Seiten und schaut mich erstaunt an.

»Ich, äh …« Natürlich wusste ich, dass er mir folgen würde, aber über eine Antwort hatte ich noch nicht nachgedacht. »Ich fahre nach Hause.«

»Nach Hause? Allein? Das glaubst du doch selbst nicht.«

»Doch.« Seine stahlblauen Augen scheinen einfach in meinen Kopf sehen zu können und genau zu wissen, welches Lügentürchen sich geöffnet hat. »Keiner weiß davon. Ich wollte einfach alleine fahren. Wie ein normaler Junge.«

»Ja ja.« Boyd sieht mich eine Weile schweigend an. »Du bist kein normaler Junge. Das Rumgeknutsche hat dich völlig aus dem Takt gebracht. Du willst wirklich nicht lieber wieder reingehen?«

Ich starre auf den Boden. »Nein.«

Der Bus kommt. Als ich aufstehe, geben meine Gummibeine beinahe nach. Ich überprüfe noch einmal die Busroute. Nachher, wenn ich angekommen bin, muss ich nicht ganz so weit laufen wie eben. Ich hole mein Schülerticket aus der Tasche und steige ein.

»Echt jetzt?«, sagt Boyd. Dann springt er hinter mir hinein. »Respekt.«

Meine Hand zittert, als ich dem Busfahrer mein Ticket zeige, er nickt mir freundlich zu. In der dritten Reihe ist ein Platz frei. Von dort habe ich eine gute Sicht auf die Bildschirmanzeige mit den Haltestellen. Neben mir sitzt eine Frau mit ihrer Handtasche auf dem Schoß. Zum Glück ist sie etwas älter. Bei ihr würde ich mich eher als bei einem Kind trauen, sie um Hilfe zu bitten.

»Wo wohnst du eigentlich?«, fragt Boyd.

Ich deute vorsichtig auf die Frau, um deutlich zu machen, dass ich jetzt nicht reden kann.

Boyd seufzt. »Stinklangweilig, Mann. Ich denke mir was aus. Ihr wohnt in einem Reihenhaus. Die Auffahrt ist blitzsauber, kein Kieselchen weit und breit. Deine Mutter staubsaugt den Garten. Wenn man hineingeht, muss man erst durch eine Schleuse mit Desinfektionsmittel, danach liegen weiße Bademäntel bereit. Jeder hat ein Paar saubere Pantoffeln. In deinem Zimmer steht ein weißes Bett, die Wände sind weiß gepinselt und es gibt keine Poster, denn auf Postern tummeln sich Bakterien. Stimmt's?«

Ich grinse hinter vorgehaltener Hand. »Nein.«

Boyd will gerade weitersprechen, hält aber den Mund, als er aus dem Fenster schaut. »Wohnst du in dieser Gegend?«

Ich betrachte den Sitz vor mir, damit er meine erhitzten Wangen nicht sieht. Dann erklingt das *Pling* von der Haltestelle, an der wir aussteigen müssen. Ich drücke den Stop-Knopf.

»Bist du dir sicher, dass wir zu dir nach Hause gehen?«

»Nein«, flüstere ich. Dann stehe ich auf und steige aus. Unbeirrt folge ich der Route, die mein Handy anzeigt.

»Wohin gehen wir?«, fragt Boyd.

»Wir geben das Foto ab.«

Er bleibt stehen. »Was?«

»Wir besuchen deinen Opa.«

»Das ist nicht dein Ernst!« Er greift sich in die Locken. »Das hättest du mir sagen müssen.«

»Ja, tut mir leid.« Meine Beine schwabbeln schon wieder wie Pudding, obwohl ich nicht einmal zwanzig Meter gelaufen bin. Plötzlich bin ich mir nicht mehr sicher, ob das Ganze eine so gute Idee ist.

Schweigend gehen wir nebeneinander her. Mit jedem Meter werden wir langsamer. Ich, weil ich erschöpft bin, Boyd, weil er Angst hat. Das spüre ich.

Wir laufen den Fußweg an einer breiten Straße entlang. Die Autos rasen an uns vorbei. Nach ein paar Minuten kommt ein großes Haus in Sicht. Eine Art freistehender Bauernhof ohne Ställe.

»Nervös?«, frage ich vorsichtig.

»Keine Ahnung. Ja. Nein. Er kann mich ja doch nicht sehen. Und du?«

Ich denke an den Briefumschlag in meinem Rucksack. »Ja.«

Es fahren noch ein paar Autos vorbei, dann ist die Straße frei und ich überquere sie. Am Bordstein steht ein kleines Auto. Was, wenn Papa und Mama dahinterkommen, dass ich nicht da bin, schießt es mir durch den Kopf. Mein Herz rast.

»Mannomann.« Boyd reibt sich grob über das Gesicht.

Reglos bleibe ich kurz vor der Haustür stehen und starre auf das Klingelschild. *Leontien, Ferry und Boyd Broekman* steht da. Und darunter mit weißer Farbe *und Abe.*

»Hast du das geschrieben?«

Boyd nickt, kann aber den Blick nicht vom Türknauf abwenden. Ich mustere die Tür, als wäre sie ein Mensch. Dann höre ich ein Klicken. Langsam geht sie auf.

Im Türrahmen erscheint ein Mann. Er ist alt, aber groß und breit. Seine riesige Hand ruht auf der Türklinke. Rotblondes Haar springt wild um sein Gesicht. Stahlblaue Augen, Boyds Augen, blicken mich freundlich an.

»Hallo? Ich habe dich kommen sehen.« Seine Stimme ist tief und rollend, als hätte er Murmeln in seiner Kehle.

Warum bin ich nochmal hier?

»Ich … äh …« Ich hätte mich besser vorbereiten müssen. Was soll ich sagen? Was kann ich sagen?

Kurz blicke ich zur Seite. Tränen kullern über Boyds Wangen, während er seinen Opa geradewegs ansieht.

»Ich bin Elias. Ich habe etwas für Sie.« Meine klamme Hand holt den Umschlag aus dem Rucksack.

Bebend strecke ich ihn ihm entgegen.

Ohne ein Wort öffnet Abe den Umschlag und zieht das Foto heraus. Eine Weile betrachtet er es schweigend.

»Woher hast du das?«

»Das ist eine ziemlich lange Geschichte.«

Abe tritt einen Schritt zurück. »Möchtest du hereinkommen?«

»Gern.«

Als ich an ihm vorbeigehe, riecht Abe kurz an dem Foto. Ich erinnere mich an den Brandgeruch, der am Original gehangen hat. Auch wenn der Brand schon Wochen her ist, bleibt der Geruch immer hängen, hat Boyd gesagt. Vom Flur aus sehe ich rechts das große Wohnzimmer.

Abe öffnet die Tür zu einem kleineren Zimmer.

»Komm rein«, sagt er.

Ich trete ein. Hier stehen zwei große Ledersessel und ein Tisch auf Rädern, darunter liegt ein bunter Teppich. An der Seite steht ein altmodischer Fernseher auf einem kleinen Schränkchen und ein noch kleineres daneben, auf dem sich eine Kaffeemaschine befindet. In der Ecke liegen einige Gewichte und andere Sportgeräte. Die Wände sind kahl, und trotzdem sieht es hier gemütlich aus. Für Boyd muss das heftig gewesen sein, seinen Opa in einer so kleinen Stube zu sehen: kein eigenes Haus mehr, keine eigenen Sachen. Aber bestimmt war es trotzdem auch schön gewesen, dass sie hier zusammengewohnt haben.

Mit den Händen in den Hosentaschen beobachtet Abe mich.

»Ich wohne hier erst seit Kurzem. Auch eine lange Geschichte. Kaffee?«

Ich starre ihn an.

Boyd lächelt durch seine Tränen hindurch. »Ich habe immer mit ihm Kaffee getrunken und dabei hat er mir Geschichten von früher erzählt. Mach's einfach, das freut ihn.«

»Ja, gern«, antworte ich.

Mit dem Rücken zu mir schenkt er Kaffee ein. »Setz dich doch.«

Ich setze mich in einen der braunen Ledersessel, der so weich und knautschig ist, dass ich beinahe darin verschwinde. Boyd setzt sich auf den Boden und lehnt sich an seine Seite.

»Bitte.« Abe stellt die Tassen auf den kleinen Tisch.

Auf seinem Unterarm prangt das Holzschuh-Tattoo. Darüber wachsen wild rotblonde Haare.

Er setzt sich auf den anderen Sessel und beugt sich vor. Mit beiden Händen hält er das Foto fest. »Schieß los. Was führt dich zu mir?«

In rasendem Tempo spule ich im Kopf die vergangenen Wochen ab. »Ich habe Ihren Enkel gekannt. Boyd.«

Sobald ich seinen Namen ausspreche, fixieren mich Abes Augen. Mein Herz macht einen Sprung. Kurz blicke ich wieder durch Boyds Augen, wie neulich, als er im Skatepark war.

Mein ganzer Körper prickelt.

»Wirklich?« Abe räuspert sich, genau wie Boyd, wenn etwas kompliziert wird. »Ein Opa sollte seinen Enkel nicht überleben.«

Boyd presst etwas Luft durch seine Lippen.

»Es tut mir sehr leid für Sie«, sage ich.

»Mir auch für dich, Junge. Warst du ein Klassenkamerad?«

»Äh, ja. Boyd hat mich gebeten, Ihnen das Foto zu geben.«

Überrascht sieht Abe mich an. Boyd wackelt mit den Knien. »Er fand es so schlimm, dass Sie all Ihre Erinnerungen verloren haben.«

»Ach, fantastisch, dieses Foto.« Abe betrachtet es lächelnd. »Aber ich habe sie nicht alle verloren, weißt du? Die meisten habe ich hier.« Er tippt sich gegen die Schläfe.

Ich nicke. Jetzt kommt der schwierige Teil. »Es tut ihm schrecklich leid.«

Mit einem Ruck dreht Boyd sich um. Seine Augen sprühen Funken und ganz langsam schüttelt er den Kopf.

»Was denn?«, fragt Abe.

»Der Brand war ein Missgeschick.«

Abe lehnt sich ein Stückchen vor. »Wie meinst du das?«

»Tu's nicht«, sagt Boyd leise. Es macht den Anschein, als würde sein Körper gefrieren. Ich betrachte den Teppich ein paar Sekunden.

»Er hat heimlich vor Ihrem Schuppen geraucht. Als er ein Geräusch hörte, hat er die Kippe einfach weggeworfen, ohne sie auszumachen. Und in dem Schuppen lagerte natürlich das Benzin. Dann ist alles schiefgelaufen.« Es sprudelt alles auf einmal aus mir heraus, während ich durch Boyds Augen Fetzen sehe, wie sich alles abgespielt hat. »Er ist nochmal zurückgekommen, um sein Känguru zu suchen, aber das war weg. Es tut ihm unendlich leid, das hat er oft zu mir gesagt.«

Boyd steht auf und stellt sich ans große Fenster. Er lässt den Kopf hängen, er schluchzt. Abe starrt vor sich hin. Dann steht er auf und geht zu einem Umzugskarton in der Zimmerecke.

»Meinst du dieses Ding? Ich habe es beim Schuppen gefunden. Das hatte ich ganz vergessen.«

Er hält den schwarzen Hoodie in der Hand.

»Ja«, sagt Boyd leise.

»Ja«, wiederhole ich.

Abe blickt auf und schüttelt den Kopf. Er hat Tränen in den Augen. Dann lacht er. »Meinst du, ich wusste nicht, dass er heimlich rauchte? Ich bin auch einmal jung gewesen. Diese Dinge muss man alle selbst entdecken.«

Boyd dreht sich zu uns um.

»Hat er wirklich geglaubt, dass der Brand seine Schuld war?«, fragt Abe.

Ich nicke.

»Armer Junge. Das erklärt so einiges. Er war nicht mehr er selbst, aber ich dachte, das kommt davon, dass er Mitleid mit mir hatte. Hatte er also die ganze Zeit ein Schuldgefühl im Bauch.« Wieder schüttelt er den Kopf. »Vollkommen unnötig. Die Brandursache wurde untersucht. Ein Kurzschluss in der Waschküche, knapp eine Stunde, nachdem ich Boyd habe weggehen sehen und ich dieses Ding hier gefunden habe. Das Ladegerät meiner Bohrmaschine steckte in einer alten Steckdose. Es hat Funken gesprüht. Es war meine eigene dumme Schuld, ich hätte den Stecker ziehen müssen.«

»Was?«, sagt Boyd.

Ich fühle eine riesige Erleichterung. Ich befinde mich wieder in Boyds Kopf und sehe das Feuer vor meinen Augen. Es war nicht seine Schuld! Mit einem Mal höre ich leises Winseln vor der Tür. Abe steht auf und öffnet sie einen Spalt. Ein großer schwarzer Hund mit braunen Flecken um die Augen trottet herein. Als er mich sieht, bleibt er stocksteif stehen und zieht die Lippe nach oben. Ich blicke Boyd an.

»Nero.« Boyd streckt die Arme aus und lässt sie dann wieder fallen. »Verdammt.«

Er hat mir schon oft erzählt, dass Nero neben Abe sein allerbester Freund war. Es muss grässlich für ihn sein, dass er sie beide nicht in die Arme nehmen kann. Langsam kommt Nero näher. Er beschnüffelt meine Füße, Beine, Hände. Ich bleibe ganz still sitzen, ich komme nicht oft in die Nähe von solch großen Tieren. Nero jault kurz auf, dann stellt er seine Pfoten auf die Armlehne.

»Nero!«, ruft Abe.

Ich sehe Boyd an und er mich. Auch er scheint wie gelähmt zu sein. Neros Kopf ist dicht an meinem. Er beschnüffelt meinen Hals, die Brust. Ich wage es nicht, mich zu bewegen. Abe macht Anstalten, aufzustehen, doch dann leckt Nero mir das Gesicht ab. Erst vorsichtig, dann immer freudiger.

»Ruhig, mein Freund«, sage ich.

Nero legt sich vor meine Füße, während er mich weiterhin mit seinen freundlichen Augen ansieht. Mein Herz wummert. Durch meinen Kopf blitzen wieder ein paar Boyd-Bilder von ihm und seinem Hund. Ich blicke zur Seite. Boyd sitzt noch immer reglos da und starrt mich an.

»Seltsam«, sagt Abe. »Das macht er sonst nie. Er ist eigentlich eher scheu. Ist es in Ordnung für dich, dass er so nah bei dir liegt?«

»Ja, natürlich.«

»Na gut«, sagt Abe.

Wir beobachten beide den Hund und schweigen.

»Wie furchtbar, dass Boyd solche Schuldgefühle hatte«, sagt Abe nach einer Weile nachdenklich. »Ich wünschte, ich hätte ihm noch erzählen können, wie es wirklich zu dem Brand gekommen ist.«

Ich blicke Boyd an und dann wieder Abe. Die Geschichte, die ich mir im Bus überlegt habe, geht mir noch einmal durch den Kopf. Was ich sagen wollte: Ich bin ein Klassenkamerad und habe mich mit Boyd darüber unterhalten, als er noch lebte. Ich wollte Abe sagen, dass es Boyd schrecklich leid tut, und mich dann verabschieden. Aber das geht nicht. Das ist nicht gut genug.

»Das haben Sie gerade getan.«

Boyd und Abe sehen mich gleichzeitig an.

»Was sagst du?«, fragt Abe.

»Ich war nicht ganz ehrlich zu Ihnen. Ich bin kein Klassenkamerad von Boyd.«

»Elias, was hast du vor?«, ruft Boyd.

»Ich wurde vor fünf Wochen operiert.«

Abe beugt sich vor.

Ich ziehe das T-Shirt aus der Hose und hebe es hoch, bis über meine Narben.

Abe erschreckt. »Ach herrje, Junge.«

Ich schlucke. Weiter jetzt. »Ich habe Boyds Herz bekommen. Und eigentlich noch viel mehr.«

Ein Schluchzen entwischt aus Abes Kehle. Seine Hand, mit

der er noch immer die Kaffeetasse festhält, sackt auf die Armlehne. »Ich verstehe nicht, was du meinst.«

»Ich verstehe es auch nicht. Wirklich. Als ich aus der Narkose aufgewacht bin, habe ich Boyd zum ersten Mal gesehen. Seitdem ist er bei mir. Er ist auch jetzt hier. Da drüben sitzt er.«

Ich deute auf die Stelle zwischen unseren Sesseln. Je mehr ich erzähle, desto mehr erfüllt mich Boyds ewiger Mut.

»Darüber darfst du keine Witze machen …«, sagt Abe leise.

»Mache ich auch nicht. Das versichere ich Ihnen.«

In rasendem Tempo versuche ich einen Weg zu finden, wie ich es beweisen könnte. Ich denke an alles, was Boyd mir erzählt hat. Dinge, die nur er über Abe wissen kann. Ich rede über den Koreakrieg, seinen Kameraden auf dem Foto, wie Boyd und Abe immer zusammen Kaffee getrunken haben und Boyd sich die alten Geschichten angehört hat.

Als ich fertig bin, betrachte ich das Tattoo an seinem Unterarm. In sein Gesicht zu schauen, traue ich mich nicht. Abe atmet schwer. Dann blicke ich doch auf.

»Aber das könntest du alles schon gewusst haben, als er noch gelebt hat«, sagt Abe zweifelnd.

»Fragen Sie mich etwas. Alles, was Sie wollen.«

Er steht auf und geht zum Fenster. Noch immer umklammert er die Kaffeetasse. Boyd stellt sich neben ihn. Nero schreckt hoch, blickt mich an, dann zum Fenster, bleibt aber bei mir liegen.

»Was soll ich denn fragen?«, sagt Abe.

Boyd mischt sich ein. »Opa frühstückt jeden Morgen Joghurt und einen Zwieback mit Honig auf einem flachen Teller. Den blauen Fleck auf seinem Daumennagel hat er, weil ich ihn mit dem Hammer erwischt habe, als er den Nagel für mich festgehalten hat. Er hat drei falsche Zähne auf der linken Seite, die manchmal locker werden. Und ab und zu hält er meine Mutter für eine fürchterliche Besserwisserin.« Boyd lächelt, als er das sagt.

»Wenn wir zusammen zum Imbiss gingen, bestellte er immer einen Hotdog mit einer Extraportion Röstzwiebeln.« Er sieht Abe an. »Wenn wir herumtollten, war er irgendwann immer außer Atem. Dann sagte er: ›Kurze Pause für meine Pumpe.‹ Er kann es nicht ausstehen, dass er älter wird und eine schlechtere Kondition hat als ich.«

Ich wiederhole alles, was Boyd sagt, außer das von der schlechten Kondition. Bei jedem Wort werden Abes Augen größer. Er steht regungslos mit seiner Kaffeetasse da.

Boyd schaut in die fast leere Tasse. »Und sage ihm, er soll auch die Mehrwertsteuer austrinken, das musste ich auch immer tun, denn einen Rest übrig lassen ist Sünde. Bezahlt ist bezahlt.«

Als ich das sage, fällt Abe die Kinnlade runter. Verblüfft trinkt er den letzten Schluck. Ich stehe auf und gehe nun auch zum Fenster. So stehen wir eine Zeit lang da und starren schweigend nach draußen. Dann dreht Abe sich zu mir um und betrachtet mich prüfend, als würde er Boyd suchen. Er legt seine große Hand auf mein Herz. Es klopft gegen seine Finger. So bleiben wir stehen, wir drei. Er sieht mir tief in die Augen.

»Du hast recht. Du hast verdammt nochmal recht. Ich weiß nicht, wie das geht, aber es macht mir auch einen Dreck aus. Ich sehe es an deinen Augen«, sagt Abe. Er öffnet vorsichtig die Arme. Ich trete einen Schritt vor und verschwinde in seiner Umarmung. Er riecht nach Kaffee und Starksein. Mit meinem Kopf an seiner Brust kneife ich die Augen zu. Boyds Erinnerungen sickern durch meine eigenen und vermischen sich wie Wasser mit Sirup. Ich sehe mich und Abe in einem Boot an einem verdammt heißen Sommertag. Ich sehe mich auf der Fahrradbrücke. Schnell schüttle ich das Bild ab. Ich sehe Papa und Mama. Und die Eltern von Boyd.

Er hat mir beigebracht, was ich tun muss, ohne dass ich es wusste. Dass ich stärker bin, als ich denke. Dass ich nicht aufgeben darf, keine Angst haben muss. Ab heute stürze ich mich ins Leben, das bin ich ihm schuldig. Und mir selbst. Als ich die Augen wieder öffne, steht Boyd nicht mehr neben mir. Er ist weg.

Abe legt mir seine großen Hände auf die Schultern. »Du hast ein gutes Herz, Junge. Gehe sorgsam damit um.«

Brenda Heijnis arbeitete nach ihrem Studium mehrere Jahre lang als Art Director und Lehrerin für kreative Kommunikation. Heute ist sie selbstständige Grafikdesignerin und Kinderbuchautorin. 2017 debütierte sie mit ihrer Gedichtsammlung Waar de wind waait. Skaterherz ist ihr erster Roman. Brenda lebt zusammen mit ihrem Freund und den beiden Töchtern in Middelie.

Birgit Erdmann wurde 1969 in Frankfurt am Main geboren. Nach dem Studium der Kunstgeschichte und Niederlandistik in Marburg, Berlin und Amsterdam war sie einige Zeit für die Kulturabteilung der Niederländischen Botschaft Berlin tätig. Seit 2010 ist sie selbstständige Literaturübersetzerin. Birgit Erdmann lebt mit Mann und Katze in Berlin.

Originally published by Uitgeverij Hoogland & Van Klaveren, Hoorn,
The Netherlands under the title *Tikker*
Translation rights arranged by élami agency

Übersetzung: Birgit Erdmann
Satz: Nadine Clemens, München
Covergestaltung: zero-media.net, München
Druck und Bindung: GGP Media GmbH, Pößneck

MIX
Papier aus verantwortungsvollen Quellen
FSC® C014496

ISBN: 978-3-95854-198-6

Auch als E-book erhältlich
Die Übersetzung dieses Buches wurde von der
niederländischen Stiftung für Literatur gefördert.